屠龍者布倫希爾德

東崎惟子

[插畫] あおあそ

BRUNHILD
THE DRAGONSLAYER

A strange and cruel fate of Brunhild.
Born as a dragon slayer,
she lived as a daughter of the dragon.

Kadokawa Fantastic Novels

BRUNHILD
THE DRAGONSLAYER

CONTENTS

——我喜歡你。
巨龍也對她表示喜歡。

「我是齊格菲家的女兒，
會善盡自己的職責。」

屠龍者布倫希爾德

BRUNHILD

東崎惟子

[插畫]あおあそ

A strange and cruel fate of Brunhild.
Born as a dragon slayer,
she lived as a daughter of the dragon.

Kadokawa
Fantastic Novels

序章

伴隨著暴風雨的夜晚來臨，在此地是十分稀奇的事。

拍打在玻璃窗上的雨滴發出衝鋒槍式的吵雜聲響。

陣陣低吼的狂風幾乎要將男人居住的小屋掀開。

小屋裡有一個男人。

倒映在黑色玻璃窗上的男人看似三十多歲。他身上穿著與髮色很相似的白色長袍，長袍上還繡著古老的圖案。

男人有一對藍色眼睛。

狹小的屋內放著樸素的家具，暖爐的火光將它們照耀成橘色。

坐在圓椅上的男人面前擺著一塊畫布。

畫布上是一幅未完成的畫。

男人看著窗外。窗外非常黑暗，什麼東西都看不見。只有好幾道雨水塗抹在一片漆黑的玻璃上。

即使如此，男人仍然望著窗外。在物質方面能看見什麼或看不見什麼，並不是多麼重要的問題。

望著窗外的行為賦予了男人想像力。

男人現在描繪的是一幅少女佇立在晴朗的天空與草原之間的畫。少女身上穿著純淨無瑕的白色洋裝。

畫筆始終沒有停歇，彷彿男人的眼中真的映照著草原與少女。

砰！一陣響亮的聲音傳了過來。

某種東西貼上一片漆黑的窗戶。

那東西是紅色。男人一時以為有血塊撞上了窗戶。

不過，仔細一看會發現，那是一個女人。

穿著紅色軍服的女人從窗戶旁邊躍進了他的視野。

男人的時間靜止了。

（我不可能看錯……）

女人的嘴巴正在開開闔闔。她似乎想說些什麼，聲音卻被暴風的聲音抹去，無法傳進男人耳裡。

砰！響亮的聲音再次傳來。

是女人敲打了玻璃窗。
這陣聲音總算讓男人的時間重新開始轉動。
女人似乎在求他放自己進屋。
——神啊，我可以讓這個人進到小屋裡來嗎？
稍微過了一段時間，男人才走向玄關。
看到他這個舉動，女人也奔向玄關門。
開啟玄關的門是一件相當費力的事。因為外頭的風勢太過強勁，就像有看不見的手正在將門往回推。
當門開出可供一人通過的縫隙時，女人趕緊擠進屋內。許多雨滴與她一起飄了進來，將男人身上的衣服打溼。
『抱歉，感謝相助。』女人這麼說道，撥起濡溼的瀏海。
從外表看來，她的年齡大約將近二十歲。
閃耀的銀髮很引人注目。長髮一旦搖晃，閃閃發亮的水滴便隨之灑落。
她是個膚色白皙的女人，彷彿與色素完全無緣。或許是因為經歷了一番風雨，她的嘴唇有些發紫。

不過，她的眼瞳是紅色的。

『我敲了好幾次門，但你好像沒有聽見。雖然很失禮，我也只好敲打玻璃窗了。』

男人低頭看著她身穿的軍服說：

『軍人很少會來這裡。』

他的語氣彷彿完全不了解這個女人。

女人露出傷腦筋的笑容回答：『想必如此。』

『我替妳準備擦身體的東西。妳在有暖爐的房間等一下吧。』

女人向男人道謝。

男人帶著兩條麻布，回到有暖爐的房間。女人已經脫掉軍服，坐在暖爐前的地毯上。使用高級羊絨織成的深紅色軍服就像褪下的蛇皮一般，扔在地上。

女人現在穿著一件綴有蕾絲的細肩帶連身裙。頭髮在火光的照耀下，染上燦爛的紅色。

女人的唇色也已經從紫色轉為健康的粉紅色。

女人對男人微笑。

『很抱歉，又讓你見醜了。不過，請原諒我。吸水的軍服貼在身上，感覺實在很不舒服，而且還相當重。因為是典禮用的服裝，裝飾也特別多。』

男人將麻布遞給她說：

『我並不介意，但這種事還是別在其他男人的家裡做比較好。因為色慾與淫亂都是罪。妳也不想因為誘惑男人而下地獄吧？』

『啊，這就不必擔心了。因為即使不沉迷於色慾，我也會下地獄。』

『因為妳是軍人，對吧？』

『沒錯。我殺了許多人，也曾經玩弄人心。而且……』

——而且，我是屠龍者。

男人睜大藍色的眼睛。

『妳就是屠龍者……』

『我在諾威爾蘭特帝國還算小有名氣，名叫布倫希爾德‧齊格菲。』

『很抱歉，我不知道。』

女人——齊格菲說的是實話。說到齊格菲家，就是歷史悠久的屠龍者家族，而她本身也是戰績輝煌的名人。

但男人居住在與世隔絕的地方。他會在放晴的日子摘水果、與動物遊戲，過著向花朵傾訴的生活。

『嗯，你不知道也是當然的。』

齊格菲再次露出傷腦筋的笑容。其中並不包含嘲笑男人無知的意味。

『太陽升起的時候，這場雨會停嗎？』女人說。

『這恐怕只有神知道了。』男人說。

住在遠離塵囂之地的男人擁有異於常人的宗教觀。

『妳能來到這裡，也是因為神的安排。神允許妳在這棟小屋取暖。』

男人把圓椅拉過來坐在上面。接著，他停頓一陣子後說：

『如果可以，能不能跟我說說妳的故事呢？』

男人望向畫布。房間裡掛著許多男人所畫的作品，每一幅畫的題材都是晴朗的風景與穿著白色服裝的少女。

『假如能聽聽妳的故事，我或許能畫出更好的作品。』

女人看著畫中的少女說：

『這個少女該不會是你的……』

這個女人很善於觀察他人的內心。『是您的……』

『嗯，妳跟我的女兒很像。』

男人如此回答。

女人垂下纖長的睫毛。

『很像的意思是……』

『哈哈哈，妳誤會了。她還活著，現在一定還生活在某個地方。不過，我不希望她穿上軍服就是了。』

我不希望她從事那種血腥的工作──男人這麼說。

即使知道女人的真實身分，男人依然如此斷言。不知這究竟是宗教人士特有的批判觀點，還是不想承認眼前的事實所作出的無謂掙扎。

沉默。

軍人女子不知該如何回應。

擁有信仰的男人也不打算繼續說下去。

『我只能說出一些血腥的故事，這樣也沒關係嗎？』

『如果妳只有那樣的故事，那就沒辦法了。』

女人暫時陷入沉默，最後用下定決心的語氣開口說：

『……我是個惡人。我殺了許多人，也欺騙了無辜和善良的人。而且不是為了正義或大局，全都是為了自己，為了滿足我的私慾。不過，我並不後悔。即使是親眼見到這個地方的現在也一樣。』

女人維持坐在地毯上的姿勢，仰望坐在椅子上的男人。

所以，她接下來要說的——

對女人來說是永不回頭的懺悔。

對男人來說是不堪入耳的醜聞。

『即使神給我重新來過的機會，我仍然會選擇同樣的道路。』

女人以此為開場白，說起自己的故事。

第一章

那座島上住著一頭白銀巨龍。

島上會結出許多甜美的果實，是動物們的天堂。

現在，巨龍待在一處扇形的海灣。這裡本來是個有著白色沙灘的美麗地方。

然而，現在卻像是灑滿了紅色的顏料般血紅。碎裂的船隻殘骸漂浮在陰暗的海面上，帶著腥臭味的海風中混入了嗆鼻的鐵銹氣味。

內臟與黃色脂肪在血海中載浮載沉。

在短短的十分鐘前，這些東西還是人的形狀。

這就是襲擊他——白銀巨龍居住的島而得到的下場。入侵者共有約二十個人，而這些人全都成了一堆堆的肉塊。除了因死後痙攣而抽搐的屍體以外，沒有人會動。

對白銀巨龍來說，這已經是熟悉的景象。

巨龍受到神的任命，負責保護島上的生物。

從遙遠的古代開始，白銀巨龍便與盯上這座島的各種勢力戰鬥至今。

最近，人類的猛烈攻勢越來越多，武器的發展也日新月異。特別是名為槍械的武器，恐怕會隨著技術的進步而變得更加棘手。即使如此，人類應該還是暫時殺不死自己。

白銀巨龍用那雙藍色眼睛俯視自己的身體。鱗片在黑暗之中發出淡淡的光芒，類似水銀的深灰色液體從鱗片的縫隙中流出。

那是龍的血。

人類對白銀巨龍發射了數百發的子彈。其中一發穿透細密鱗片的縫隙，擊中了肉體。不過，對身形龐大的白銀巨龍來說，這點程度的傷就跟被針扎到差不多。

閃耀的血滴在肉塊上噴散。

不，仔細一看會發現，那個肉塊並非肉塊。

血滴落在一個幼童身上。

年齡大約兩歲到三歲吧。巨龍並不了解人類的年齡。沾染到血的嬌小身體乍看之下就像碎裂的肉塊。不過，她的胸口正在輕微而緩慢地上下起伏。

這孩子還活著。

不過，死期將至。

正確來說，應該是即將被白銀巨龍殺死。

這孩子已經接觸到龍血。

龍血具有強大的能量。據說過去的人類曾將龍血使用在咒術上，即使如此也是將僅僅一滴龍血稀釋再稀釋才能使用。

原液等於劇毒。人類……甚至是人類孩童接觸到龍血，必定無法存活。

海浪的波濤聲聽起來就像要抹去這個小小生命的心跳聲。

巨龍展開螢幕般的巨大翅膀。

準備回到自己居住的神殿。

巨龍並非冷酷無情。不過，其生死觀與人類有很大的差異。

弱小的生物死去，強大的生物存活。神就是如此創造世間萬物。

這是巨龍心中的真理之一，也是來自神的教誨。

不論是嬰兒還是大人，在神的教誨之前都沒有分別。

巨龍將幼童留在海灣振翅飛去。

後來過了不久。

也許是一個星期，也許是一個月。

因為想吃虎鯨或鯨魚，巨龍再次經過海灣。

海灣已經沒有任何一具屍體。白色浪花將屍體帶走，清除得乾乾淨淨。沙灘閃耀著星空般的光芒。

白銀巨龍躍進海中。他收起翅膀潛水，變換成適合游泳的流線型。

在距離島嶼五百公尺左右的深海，巨龍發現了鯨魚。自從開始游泳，時間只過了幾十秒。巨龍沒想到可以這麼快就找到獵物，今天的運氣不錯。

巨龍張開嘴巴，咬住鯨魚的身體。要論體型，鯨魚比巨龍還要大得多。不過，巨龍遠比鯨魚敏捷，而且強壯。

巨龍叼著肥美的鯨魚，一口氣上升到海面。速度之快，鯨魚肯定還來不及理解自己究竟發生了什麼事，而牠尚未理解便失去了意識。在巨龍咬死鯨魚之前，急速浮起造成的水壓變化就殺死了牠。

巨龍以鞭打般的方式甩動脖子，將鯨魚扔到島上。

漆黑的巨大身軀灑出閃閃發亮的水滴沿著拋物線飛去，原本在天上自在飛翔的海鳥嚇得趕緊讓路。

鯨魚屍體落在巨龍棲息島嶼的海灣，小島的地面因衝擊而搖晃。

巨龍回到島上，開始啃食鯨魚肉。

全長十八公尺的黑色肉塊被吞下三分之一的時候，巨龍結束了這一餐。他打算晚點再吃掉剩下的部分。

正打算返回神殿的時候，巨龍發現了某種生物。

類似猿猴的嬌小生物。

那是巨龍曾經見過的幼童。巨龍完全忘了這個幼童的存在。

巨龍睜大藍色的眼睛。

沒想到幼童接觸過自己的血液，竟然還能活下來。

這個幼童是名女孩，留著一頭黑髮，眼睛也是相同的顏色。她身上穿的童裝是一套精緻的禮服；衣服帶著皺褶，看似是以海水清洗血液而造成的。不過，滲進布料的血色仍然沒有完全洗淨。

幼童以雙腳站立，躲在樹木後方看著巨龍。她對巨龍帶有戒心。幼童似乎很餓，但確實還活著。

巨龍馬上明白，她被自己的血所影響了。

龍血是劇毒。

一萬名接觸龍血的人類之中，有九千九百九十九人會死。

不過，其中一人會活下來。而且，克服劇毒的人能獲得與血的主人相同的能力。

這個幼童恐怕就是「其中一人」。所以她看起來明明只有三歲左右，卻能用雙腳穩穩地站立。

啊啊，原來如此——巨龍這麼想。

命運、天命與神的旨意讓這個幼童活了下來。

巨龍下定決心，朝神殿起飛。

在天空飛翔的時候，巨龍掛心一件事。幼童的肌膚帶著不自然的黃色調，而且很乾燥。

巨龍往下眺望，看見幼童奔向鯨魚屍體，啃食其肉的模樣。

當天，巨龍再次前往海灣。此行的目的並不是食用剩下的鯨魚肉。

經過海灣上空的時候，巨龍的藍色眼睛找到了幼童的身影。她為了逃離巨龍造成的巨大陰影，奔向了樹林之中。

巨龍降落在海灣。幼童再次從樹蔭中望著巨龍。不，正確來說是望著鯨魚肉。

她想必認為巨龍又來啃食鯨魚肉了。她似乎很在意巨龍會剩下多少肉，飢餓的眼神與泛黃的肌膚都清楚表現出幼童的營養狀況。她吃的東西或許是昆蟲或樹根。

『過來。』

巨龍對幼童說，幼童嚇得顫抖了一下。

『妳不必害怕，我當然不會吃了妳。因為神要妳活下去。』

巨龍使用的並不是人的語言。

而是神所賦予的言靈——「真聲語言」。

這是遠古時代，人類被區分為不同的民族，開始使用多種語言之前所使用的語言。真聲語言能夠與任何生物溝通。不論對方的智能與知識到什麼程度，真聲語言都能傳達想傳達的意思，是一種萬能的語言。

巨龍說話的音調雖然溫柔，幼童似乎還是有點害怕巨龍。這也難怪，畢竟巨龍的身體高達十五公尺。

白銀巨龍為了表示自己沒有敵意，緩緩彎曲長長的脖子對幼童行了一禮。

然後，巨龍遞出掛在爪子上的禮物。

那是一串色彩繽紛的水果。

這些水果生長在他所居住的神殿周圍。

巨龍的爪子很大，所以不小心在摘採的時候抓破了幾顆果實。

『來吧，這些果實給妳吃。光吃肉或昆蟲會搞壞身體。即使妳接觸過我的血，再這樣下去也會死。』

幼童花了一段時間才踏出第一步，但接著就不再猶豫。她快步跑來，從龍爪上取下水果一口咬下。

『好好吃。』

幼童說出這句話，自己也感到驚訝。她已經學會如何說真聲語言了。

她所吃的果實在人的國度很類似梨子或蘋果。不過，這些果實並不是普通的果實。

『妳吃的水果名叫智慧果實。吃下它的人可以獲得智慧與知性。』

多虧果實所賦予的知性，以及真聲語言的萬能，幼童已經可以順暢地表達自己的意思。

幼童用雙手摀住小小的嘴巴。

『糟糕。我從以前的故事裡聽說過，人類吃下智慧果實是有罪的。』

『哈哈，那可不對。吃下智慧果實並不是罪，利用果實賦予的智慧來陷害他人才是罪。別害怕，多吃一點吧。』

幼童對巨龍的一番話感到安心，於是將剩下的果實送進口中。巨龍看著這幅溫馨的景象，對幼童勸道：

『吃過智慧果實以後，妳應該能比誰都更敏感地察覺到人心的細微變化。但是，妳不能因此就去欺騙他人。神會看著妳。』

幼童點點頭，繼續吃著果實。

吃完果實之後，幼童說：

『謝謝您。』

異常泛黃且乾燥的肌膚漸漸恢復生氣。智慧果實在營養價值方面，也是人類國度的果實所無法比擬。

『您為什麼要救我呢？』

『救了妳的並不是我，而是神。神救了妳一命。』

『神？』

『妳儘管接觸到我的血，卻還是活了下來。我認為這是神的旨意。這表示妳不應該死在這裡。』

『神真的存在嗎？』

『當然存在。實際上，這座島就深受神的寵愛。』

這裡生長著智慧果實以及生命樹，小河裡流著傳說中的神酒。這座島就是如此。

『這裡是哪裡？』

『大海中的孤島。人們稱之為白銀島，但神所賦予的名字叫做伊甸。』

這次換巨龍發問：

『妳不知道這裡是什麼地方就來了嗎？』

幼童點點頭。

『我被可怕的人擄走，回過神就到這裡了。』

被擄走。

白銀巨龍看著幼童所穿的衣服，開始思考。

巨龍並不了解世事，但至少知道她所穿的是貴族階級的服裝。據說膚淺的人類會做出掠奪或綁架等行為，這個幼童恐怕就是受害者吧。

『我會帶妳回到人的國度。』

巨龍如此提議。

『我不要。』

幼童卻低頭說。

『還有家人在等妳回去吧？』

直至今日，白銀巨龍殺死了數不清的人類。雖然那些人全都是為了巨龍之血或島上的寶物而主動找上門的不肖之徒，但巨龍確實殺死了成千上萬的人。

幾乎所有人都是成年男子。即使是身強體壯的大男人，也大約有半數會在臨死之際呼喊母親。即使母親在場也沒有任何幫助，他們還是會流著淚如此大叫。

因此，巨龍對幼童所說的話感到意外。

『妳沒有父母嗎？』

『有，可是我沒有見過他們。』

幼童的臉上沒有表情。

『平常一直都是家庭教師在照顧我。因為我的家是貴族，所以父母要我成為一個了不起的人。姊姊和哥哥也是，大家都一樣。啊，哥哥或許能得到父親大人一點關注，可是對我來說，父母就跟不存在沒有兩樣。』

幼童用大大的眼睛望著巨龍。

『您呢？』

幼童問道。

『您也一個人住在這裡嗎？』

『不。』

巨龍要幼童豎起耳朵仔細聽。

『已經懂得真聲語言的妳應該聽得見，森林裡的動物叫聲、蟲兒的喧鬧聲以及鳥兒的啁啾究竟在說些什麼。』

真聲語言能夠與任何生物溝通。

現在的幼童能理解定居在森林裡的動物想表達什麼，知道牠們打從心底感到幸福。

『真好……』

幼童用極度嚮往的聲音說。

『我也想住在這裡。』

『只要妳希望，當然可以住下來。』

幼童睜大圓滾滾的眼睛望著巨龍。

『可以嗎？』

『當然了。不過，如果妳要在這座島——伊甸生活，就必須遵守神的教誨。』

『神的教誨？』

『妳不可以跟伊甸的任何生物爭吵，不可以憎恨或排斥牠們。牠們都是妳的朋友，也是妳的家人。大家要友愛彼此、照顧彼此。如果妳能做到這一點，就可以待在這裡。』

『那太簡單了。既然有這種教誨，伊甸的生物就不會欺負我吧？那麼，我也不會憎恨或排斥牠們。我會遵守約定。』

『好吧。這麼一來，妳和我就是朋友兼家人了。』

幼童露出無邪的笑容。

『請問我要怎麼稱呼您才好？我的名字是——』

『妳不必以名字自稱。因為這裡不是人的國度。我會用「妳」來稱呼妳，妳也可以用「你」來稱呼我。如果我們真心相愛，即使沒有名字也無妨。』

『好的。』

『以後也不要用女性化的語氣說話了。性別差異有時候會造成歧視，妳要用不加修飾的方式說話。』

『不加修飾的方式……是什麼感覺？』

幼童先是這麼說。

『我知道了。只要模仿您……模仿你的說話方式就行了吧。』

然後改變了語氣。

巨龍讓幼童坐上他那龐大又細長的背部，前往他所居住的神殿。

幼童很快便跟動物們打成一片。所幸她只有三歲，如果歲數更大，心靈就會被世俗汙染，無法與伊甸的居民交心了。

幼童欣賞花朵、對風歌唱，以及與兔子在原野上奔跑。

幼童與各式各樣的生物作朋友，其中特別親近的對象是巨龍。

『因為你是第一個對我好的。』

睡覺的時候，她總是將身體靠在巨龍的尾巴、身體或脖子上。

巨龍認為，這個幼童或許將自己視為親生父親了。

幼童成長得非常快速。

她所接觸到的龍血與這座島獨有的水果，讓她化為充滿生命力的生物。

九年的歲月流逝，幼童成長為一名少女。

以人類的年齡而言，她僅有十一歲或十二歲，智慧卻不亞於大人，體能甚至凌駕在人類之上。神的果實帶來的祝福加速了肉體的成長，使她的身材高於同齡的孩子，胸部也開始隆起。有時會有色彩斑斕的鳥兒、華麗的孔雀和以力量為傲的大鷲向她示愛，使她不知所措。

少女跑得比島上的馬兒更快，力量比山豬更強，動作也比蛇更敏捷。

不過，少女的色彩在成長過程中產生變化。

從漆黑化為白銀。

這是從巨龍身上滴落、水銀般的血液造成的影響。少女的頭髮是與龍鱗相同的顏色。

她的肌膚很白皙，眼睛像浮起血一般紅，頭髮則是宛如月亮的銀色。色素從少女的身上褪去了。

盯上伊甸的人類正好在這個時候再次來到島上。

巨龍前往海灣應付來襲的人類，擊退他們的船隻——正如以往的每一次襲擊。

然而，短短的九年間，人類的科學水準有了飛躍性的提升。

程度還不足以打倒巨龍。不過，來襲的軍艦上搭載了威力足以貫穿龍鱗的幾十座大砲。

人類手中的衝鋒槍雖然還是跟玩具槍沒有多大的差別，但在適當的距離下射擊的話，還是能在鱗片上打出裂痕。

砲擊聲斷斷續續地響起，火花將夜晚的大海照得一片通紅。

白銀之血隨之飛濺。雖然只是輕傷，從旁人的角度來看卻是相當嚴重的出血。

巨龍將船艦一分為二，同時心想：

——已經撐不久了。

不是敵人撐不久，而是自己。

從如此驚人的軍事發展看來，再過十年……不，再過五年，人類的技術就能對巨龍造成致命傷。他如此冷靜地分析。

這還無所謂。

強者生，弱者死。神就是如此創造生物。

巨龍的時代到此為止。如此而已。

不久的將來，自己將會被殺死。

忽然間，巨龍發現煩人的衝鋒槍聲停止了。

並不是巨龍殲滅了敵人。白銀巨龍正在對付的是軍艦。

踏上沙灘的人類已經在不知不覺間死去。

不，他們是被殺死的。

海灣染上一片血紅。正如九年前，巨龍所做的那樣。

一頭小小的龍出現在那裡。

隨風飛揚的銀色長髮宛如龍尾。

身上的白色衣裳彷彿拍動的翅膀。

少女無視於天地，自由地翱翔。她穿梭在槍林彈雨之中，殺死一個又一個的人。柔韌的腳使出一記踢擊，使敵人頭破血流。往前推的小小手掌連同防具一起貫穿了敵人的胸膛。

那副模樣有如白銀巨龍之女。小小的龍就像是要幫助父親似的。

不。

少女一定想要如此認定吧。

認定自己是白銀巨龍的女兒。

巨龍感到一陣心痛。

一龍與一人擊退人類，回到了神殿。少女擔心巨龍的傷勢，得知只是輕傷便放下心中的大石。所幸，少女本身並沒有受傷。

『該如何是好？』少女咬牙說。

『人類的武器發展得相當迅速。再這樣下去……你會死在他們的手上，守護伊甸的巨龍會死。』少女說。

『是啊。在不久的將來，我會被殺死。』

『為什麼人類要盯上這座島呢？』

『因為這座島上有智慧果實與生命樹等……許多神的造物。對於將幸福視為人生目標的人類來說，這些都令他們垂涎三尺。』

『不過，你一旦死去，那些東西應該都會化為灰燼。』

白銀巨龍是伊甸的守護者。

守護者一旦死去，島上的生物就會全部燃燒殆盡。不論是智慧果實、生命樹還是神酒，全都會化為灰燼。神不會將自己的創造物交給膚淺之人。

『伊甸的造物即使化為灰燼，依然是可利用的珍貴資源。而身為守護者的我是例外，死後也不會化為灰燼。』

龍的身體十分珍貴，油脂可以作為燃料，血液可以調配強身藥，鱗片可以打造鎧甲，牙齒可以製作寶劍，肉含有豐富的營養。

對人類來說，即使必須付出一些犧牲，伊甸與守護島嶼的龍仍然值得狩獵。

『我們……明明只是想遠離世俗……過著寧靜的生活而已……』少女說。

巨龍用藍色眼睛凝視著一臉苦惱的少女。

『妳想活下去嗎？』

少女微微歪起頭回答：『這不是理所當然的嗎？』

並非理所當然。

在人的國度，對生命抱有執著很理所當然。不過，在這座島可不同。伊甸的生物死後，靈魂必定能獲得救贖。因此，出生在伊甸的動物雖然不會主動求死，卻也不會擔憂死亡。

（這孩子難道……）

巨龍交代少女在此處稍等，前往神殿的深處。

很久以前，人類曾經有過崇敬白銀巨龍的時代。每當遭逢天災或向他國發起戰爭的時候，人們都會向巨龍獻上供品。寶石、金銀、鮮花、衣服、人偶、穀物與年輕女子。雖然巨龍根本不需要這些東西……

（但也許這孩子需要。）

巨龍前往的房間裡收納許多供品。

巨龍佇立在五顏六色的寶石前。他知道人類女性喜愛寶石。不過，龍無法理解人類的喜好，他不知道要從閃耀的石頭之中選擇哪一個。

巨龍沉思了一陣子，但只證明了想再久都是浪費時間。

巨龍選擇一個寶石，小心翼翼地避免刮傷它，回到少女面前。

巨大的龍爪上掛著一條石榴石項鍊。因為這種寶石與少女的眼睛是相同的顏色，所以巨龍選擇了它。

『這個送給妳。』

少女收下石榴石。

『你要把這個送給我？』

好漂亮——少女用陶醉的語調如此讚嘆，然後將寶石緊握在胸前。

『我好高興。就像你當時送水果給我時一樣高興。』

巨龍因此確信。

『很高興妳喜歡。』

巨龍雖然高興，卻也感到悲傷。

伊甸的生物不會因寶石而高興。

——這孩子果然還是應該生活在人的國度。

巨龍用爪子指向收納供品的房間。

『那個房間還放著許多其他的寶石，另外也有衣服。那些全部都送給妳。妳可以隨意穿

戴自己喜歡的服飾。』

少女握著石榴石，點點頭後走進收納供品的房間。

巨龍用寂寞的眼神目送天真無邪的她。

少女在房間裡待了將近兩個小時。

巨龍一直等著她。不論等待多久，龍都不會像人一樣動怒。對活了數千年的龍來說，兩個小時不過是一眨眼的時間。

走出房間時，少女全身都穿著深紅色的衣服。不論是裙子、束腰、襯衫還是領結，都是深紅色。

就如同石榴石的顏色。

『房間裡應該有各種顏色的衣服吧？』

『我就是喜歡紅色。』

剛剛才喜歡上的——少女這麼說。

『這座島以外的地方……』巨龍接著說。

『有更多的衣服或寶石，也有許多妳喜歡的東西和喜歡的紅色。』

少女用驚訝的表情望向巨龍。

紅色眼睛與藍色眼睛交會。

『並沒有。』

少女說，似乎不想讓巨龍繼續說下去。

『我想要的東西，只存在於這座島上。』

『別急，仔細聽我說。』

少女搖搖頭，巨龍卻自顧自地繼續說了下去。

『我一旦死去，這座島上的一切就會化為灰燼。而那僅限於這座島上的造物。妳並不屬於這座島，而是在其他地方出生的。即使我死了，妳也不會化為灰燼。我死去以後，妳也必須在其他地方繼續活下去。』

說到這裡，巨龍突然發現。

自己似乎不希望這個女孩死去。

『其他地方沒有我的容身之處。』少女說。

『妳在島外只度過兩年到三年的歲月吧？妳只是沒有在短短的兩三年內遇到好人而已。願意善待妳的人一定會出現。』

少女使勁搖頭。水滴從眼角飛散，濺到大理石地板上。

即使如此——少女這麼接著說下去。

『即使如此……第一個對我好的人，也是你。』

不是別人，而是你——少女含著淚這麼說。

『我想跟你在一起。』

巨龍也懷抱著同樣的心意。

雖然伊甸的生物都是家人兼朋友，但對巨龍來說，少女非常特別。

巨龍認為，這一定是因為自己從她還是幼童的時候就一路看著她長大。不過因為沒有血緣關係，所以他也無法確定。

——我似乎是以父親的身分愛著這個女孩。

少女說：

『我不希望你死。伊甸的生物都是我的家人兼朋友……但你對我來說是特別的。』

少女說出與巨龍相同的心聲。

『如果人類再攻來這座島，我們就一起逃走吧。龍不是有能變身成人形的祕術嗎？我們一起扮成人類活下去吧。』

巨龍無法答應這個要求。

『神賜予我守護伊甸的使命，我不能放棄這座島。』

但是——

『神真的存在嗎？如果祂真的存在，為什麼不拯救我們？我們明明沒有做任何壞事。』

『不，神當然會拯救我們。妳先靜下來，仔細聽我說。我接下來要說的話，妳絕對不能忘記。我們在伊甸過著不憎恨或排斥他人，並且友愛、尊重彼此的生活。這是在人的國度絕對不可能做到的善行。』

所以，神確實存在。

只要行善，就能得到神的救贖。

『累積善行的靈魂會在死後被召喚到名為永年王國的地方。那是永恆的天堂，那裡的居民可以享有無限的壽命，不會受到疾病或衰老侵蝕，也能跟心愛的對象在一起，當然也不必畏懼來自大海的威脅。我想跟妳一起前往那個地方。所以，妳回到人的國度以後，也不能懷疑神。妳不能違背教誨。』

『神的意思是，祂會拯救我們的靈魂，所以要我們現在乖乖等死嗎……？』

巨龍領悟了。

少女來到這座島之前的三年造成了決定性的影響。

巨龍原以為她當時還是個幼童，或許來得及。

這個女孩並不相信神，所以她無法接受巨龍坦白訴說的世界真理。

巨龍的女兒在根源之處依然是人類。

『……好吧。我們一起去人的國度，試著在人類的世界生活一段時間吧。』巨龍雖然這麼說，目的卻不是跟女兒一起以人的身分活下去。

而是讓女兒——讓她習慣遲早要回歸的人類社會。

巨龍的傷勢花了三天才痊癒。

前往人的國度當晚，巨龍將自己的一枚鱗片分給女兒。

『吞下這個吧。這麼一來，妳就能在短期之內變身為龍。』

少女毫不猶豫地將鱗片吞下肚。她嬌小的身體開始變化，在轉眼之間成為一頭幼龍。

巨龍與幼龍。

兩者並肩的模樣就像親生父女。

兩頭龍離開島嶼，飛向人的國度。

他們的目的地是名叫諾威爾蘭特的帝國之首都——帝國最繁華的城市，尼貝龍根。

話雖如此，他們無法直接降落在尼貝龍根。白銀之翼實在太過顯眼了，巨龍最初前往的是距離首都有點遠的無人之地。

兩頭龍降落到地面上。所幸沒有任何人看見他們。

巨龍用祕術變身成青年的模樣，短髮與鱗片同樣是銀白色。

幼龍變回少女的模樣。在心中抱著想變回人的念頭，她便恢復原狀了。

兩人一絲不掛。

少女用手遮住胸部與私處坐在地上。

然後用變得跟蘋果一樣紅的臉說：

『不、不要看我……』

青年不明白少女為何這麼說，卻還是轉身背對少女。

自己是少女的養父，少女肯定也將他視為父親。既然是父女，即使看見彼此的裸體，明明也不需要感到羞恥。

青年朝附近的岩石後方走去。那裡藏著一個大包包，裡面裝著衣服等整套旅行用品。這是巨龍趁白天的時候運送到這裡的東西。

青年一邊避免看到少女，一邊遞出為她準備的衣服。趕忙穿上衣服的聲音從背後傳來，青年也在這段期間穿好衣服。

『已經可以看了……』少女出聲說。

一名穿著諾威爾蘭特帝國中產階級服飾的少女就站在眼前。

穿上衣服的少女似乎鬆了一口氣，但這次輪到青年緊張了。

維持人形的期間，龍能發揮的力量不到原本的十分之一，他或許比身旁的少女還要虛弱。而且，據說某部分的人類有能力看穿化身為人的龍。萬一遇襲，他恐怕很難保護少女的人身安全。

眼前是一片田園風景，遠處的黑暗之中還有連綿的山巒。

兩人走向一座石造的小橋。那就是通往首都的道路。

青年牽起少女的手。

『待在我的身邊。』

萬一遭受襲擊，青年打算挺身保護少女。

少女的臉頰泛起紅暈。不過，這與出於羞恥的臉紅完全不同。

少女不只是手，連身體都靠向青年。

兩人走了一整晚，好不容易才抵達首都。普通人類的雙腳恐怕吃不消，但對兩人來說並沒有問題。

兩人來到尼貝龍根的大街前，一座雕刻著城市名稱的拱門之下。即將進入首都的時候，白銀青年停下腳步。

青年筆直注視著少女說：

『我們終於要進入人的城市了。對此，我有件事想拜託妳。』

他的聲音很嚴肅。

『我希望妳能夠放下偏見，好好觀察四周。這裡一定有好人存在，也一定有令人快樂的事物。』

少女沒有多想便點了點頭。

青年沒有發現，這個點頭的動作混入了一點謊言。

這是因為少女早已找到令自己快樂的事物。

光是被青年牽著手，走在空無一物的田園夜路上，少女就感到快樂。她心跳加速，甚至希望青年再次牽起她的手，把她拉進懷中。

少女沒有說：『我已經很快樂了。』因為她擔心，一旦說出這句話就會達成目的，讓這趟旅程到此結束。

少女還想跟青年一起多走走。

兩人將既不高級也不廉價的中等旅館當作據點。

將行李放在房間、稍微休息一陣子以後，他們開始逛起這座城市。

畢竟是首都，這座城市非常熱鬧，而且充滿活力。

不過，也僅止於此。

城市裡沒有任何事物令少女感到快樂。

這座城市完全無法讓她感覺到與青年一起在田園中散步時那種純粹的喜悅或心跳加速的體驗。

這是因為不論往左還是往右看——

到處都充斥著「屠龍者」的字眼。

城市裡有歌劇的公演，內容是英雄斬殺邪龍法夫納的故事，另外也有神用雷電將反叛之龍路西法打入地獄的故事。歌手高聲歌頌英雄的榮耀與龍的悲慘下場。

廣場上有座銅像，雕刻著一名士兵用長槍貫穿龍的胸膛。在廣場上互相追逐的孩子們正開心地玩著模仿屠龍者的遊戲。屠龍者的角色非常受歡迎，每個孩子都搶著演。到頭來，看似軍人之子的孩子得到了屠龍者的角色，邪龍的角色則被推給一個畏畏縮縮的孩子。

書店正在推銷一本書，內容是很受女性歡迎的愛情故事，據說這本書曾獲頒大獎。劇情大綱是王子殺死了龍並拯救公主，最後永浴愛河的故事。

路上有攤販正在販賣小型龍的烤肉。老闆宣稱用來烘烤龍肉的火也是用龍的油脂作為燃料，少女還以為這是什麼惡質的玩笑。

尼貝龍根這座城市既熱鬧又繁華。

但對少女來說——

青年口中的「一定有好人存在」、「一定有令人快樂的事物」的這座城市……

簡直就是活生生的惡夢。

即使如此，少女仍然繼續走著。

因為穿越拱門之前，青年對少女說過：「我希望妳能夠放下偏見，好好觀察四周。」

到處行走的第三天，兩人發現一個提倡拯救龍的團體。只有這個瞬間讓少女的內心感到雀躍，但一聽到團體的宣導內容，她又陷入意志消沉的狀態中。該團體主張殺龍時必須採用安樂死的手段，根本沒有為龍請命的意思。

三天的時間已經十分足夠了。

旅館的餐廳準備的晚餐吃起來就像一盤沙子，就連食物也令人難以下嚥。人的國度所使用的食材跟伊甸相比，品質非常粗糙。

——如果能一直在夜路上散步就好了。

少女使用刀叉，將鳥肉切開。她已經獲得使用餐具的知識，但這並不表示她能立刻運用自如。少女的動作有些生硬。

青年看到她這個樣子說：

『刀是這麼用的，妳看好了。』

青年用優美又俐落的動作，熟練地切開鳥肉。

鏗鏘一聲，少女的餐具發出聲音。

已經到極限了。

少女的手上既沒有刀子也沒有叉子。

她只是緊緊握著拳頭，甚至有些顫抖。

少女再也無法忍受。

無法忍受歌劇、銅像、小孩子、書籍與攤販。

而她最不能忍受的——

是親眼見到這些事物，卻仍然心平氣和的青年。

『你都沒有感覺嗎？』

『妳是指什麼？』

青年將肉送進嘴裡。

『龍被殺死，而人人都讚許這種行為。龍被拿來食用，甚至被當作燃料。你同樣身為龍，難道什麼感覺都沒有嗎？』

由於兩人以真聲語言來對話，餐廳的其他客人聽不見。

『妳不該懷抱仇恨。即使今生悽慘地死去，只要保持純淨的內心，我們就能在永年王國重逢。』

青年將肉吞下肚。

『神教導我們，不論對象是何者，我們都不能抱有憎恨的念頭。』

少女緊咬下唇。

『你的心不會痛嗎？』

『當然不會。』

『你不會感到憤怒嗎？不會想拋下一切，把刀子狠狠刺進肉裡嗎？』

少女咬破自己的嘴唇。

『你不會想澈底毀了這座城市嗎？』

『妳正在流血，別再咬嘴唇了。』

『就算你死了，那些人也不會難過喔？』

『沒有必要難過，死亡反而是值得高興的事。因為那等於是可以被召喚到永年王國。』

到頭來，人還是人，龍也還是龍。

兩人的價值觀有決定性的差異。

——為什麼他／她連這麼簡單的道理都不懂？

彼此心裡的想法卻是相同的。

第四天，兩人來到歷史博物館。

這趟行程的目的是了解屠龍者的歷史。這裡是少女最後的希望。她對幾乎所有的設施都不再感興趣，但只有這裡不同。

如果有希望的話。

少女的身體開始發熱，心跳隨之加速。

只剩下戰鬥了。

自己的體內流著龍血，只能用超乎常人的力量來壓制人類了。正如龍曾經支配大地的遠古傳說一樣。

歷史博物館裡展示著用於屠龍的武器等物品。關於最新型武器的性能，在這裡也能找到資料。少女用急切的眼神看著這些資料，努力塞進頭腦，並且理解。

「哈哈！」

少女不禁發出笑聲。

「呵……呵呵……」

她摀住嘴巴。來來去去的參觀者都用異樣眼光看著少女。

——誰管他們，我豈能不笑？

這簡直不像話。

「人類的科學竟然已經發展到這個程度了。」

過去攻向龍之島的艦隊都不過是順便「偵察敵情」或「處分舊型船艦」的兒戲。

參與進攻的人類也不是受過正規訓練的軍人，而是帶著武器的死刑犯或流放孤島的罪人，可謂烏合之眾。

博物館的螢幕正用投影機播放著黑白影片。

比白銀巨龍更龐大的龍正在與人類交戰。

不，與其說是與人類戰鬥，不如說是與機械戰鬥。

以鐵塊打造而成的車上搭載著巨大的砲臺。

那東西似乎叫做重裝甲戰車。

戰車上的主砲又長又粗，瞄準了龍。

——加農砲巴爾蒙克。

這就是主砲的名稱。

黑白影片並沒有聲音。

螢幕一瞬間化為一片空白，下一個瞬間便映照出巨龍的胸口被開出一個大洞的模樣。

巨龍一倒下，畫面就同時劇烈搖晃，周圍一口氣揚起布幕般的塵土。

面對這種東西，究竟要怎麼戰鬥？

龍的力量已經是舊時代的產物了。

『拜託你跟我到某個遙遠的城鎮，用人的模樣一起生活吧。』

走出博物館的時候，少女對青年說。

『我辦不到，請妳明白。』

我不明白——少女這麼說。

『神又如何？不管是神、惡魔還是天使，我都不在乎。我……』

少女稍微停頓了一下，然後下定決心開口說：

『我喜歡你。』

青年也點頭回應。

『我也喜歡妳。』

不對——少女說。

『其中也包含……父親的身分……但除此之外還有……』

青年睜大眼睛，然後用手摀住臉。

『……噢，怎麼會這樣。即使在伊甸，這也是不被允許的事。』

『因為我是人……而你是龍嗎？』

『我不是這個意思，妳懂吧？』

人與龍的關係並沒有任何問題。伊甸是自由的地方，人與狼也能成為愛侶。

問題在於，兩人的關係是父女。即使沒有血緣關係，父女相戀也是存在於伊甸的少數禁忌之一。

少女並不是不知道這個禁忌。不過，從內心湧出的言語仍然停不下來。

『因為我喜歡你，所以我希望你能活下去。』

青年由於自己所貫徹的信仰，什麼話都說不出來。

『這樣啊……』少女低聲說。

『不論如何，你都打算赴死嗎？』接著對巨龍這麼發問。

『……沒錯。』

『既然如此，我也要一起死。』

『但是，妳……』

『來到這座城市，我就懂了。世界上沒有人會站在龍這一邊。』

所以，唯獨我——

『唯獨我，直到最後都會站在你這一邊。』

看著少女的臉，青年很驚訝。

她的臉上沒有剛才那種熊熊燃燒的憤怒、醜惡的憎恨，以及不被允許的愛戀。

人也許會稱之為領悟，或是放棄。

龍無法區別兩者。

『我願意跟你一起去永年王國。如果是在那裡……我也可以愛你嗎？』

『嗯，如果是在永年王國，一定可以。』

永年王國不存在任何禁忌或規矩，是一個真正自由的地方。

離開人的國度時，少女的神情就像擺脫了某種執念。

如果是現在的少女，一定能獲得神的救贖。

正因為這麼想，巨龍才決定與少女一起回到島上，準備共同迎接遲早會到來的毀滅。

島嶼度過了一段和平的時光。

這裡依然是動物的天堂，生長著豐碩的果實，神殿莊嚴而美麗。

前往人的國度那四天只不過是一場惡夢吧。那種地方根本不存在於世界上——安穩的日子甚至讓少女不禁這麼想。

四年的歲月過去，少女已年滿十六歲。

接觸龍血、持續食用生命樹與智慧樹的果實，並以神酒潤喉的少女獲得了接近完美的肉體，其美貌極度接近神所創造的第一個女人。

她的心靈與表情也變得更加豐富。

少女每晚都會對巨龍吟唱情歌。

甜美的歌聲幾乎要將巨龍的頭腦融化。有時候，他甚至想將自己的一切都交給她。

——我愛你。

巨龍也回以愛意。

——我喜歡你。

巨龍也對她表示喜歡。

巨龍堅定自己的心智，絕不踏出下一步。

這是因為他愛著少女。只要不觸犯禁忌，持續累積善行，他們就能在另一個世界裡長相廝守。

只要想到可能在短短幾年後到來的毀滅，就沒有什麼事情比現在回應少女的愛還要愚蠢的了。拋棄永恆天堂的生活，貪圖幾年的愉悅實在是……

毀滅之日在毫無前兆的情況下來臨。

巨龍當時在神殿沉睡。少女穿著紅色的禮服，靠在他耳邊唱著情歌。

突然間，少女的清亮歌聲停止了。

因為她察覺到了異狀。

首先是異味。只有少女發現這股微微的臭味。

接著是聲音。

蜜蜂振翅般的細微聲響傳進耳裡。然後是某種東西崩塌的聲音，從白色的天花板對面傳了過來。

突然間，神殿隨著一陣巨響開始震動。巨龍醒了過來，起身查看。

少女與巨龍來到神殿之外。

少女原本以為，當這一天來臨，自己應該會面對戰車。

然而，現在襲擊一龍與一人的是戰鬥機。無數個詭異的鐵塊在夜空中飛行。

這場攻擊是空襲。

巨龍用翅膀拍打空氣，捲起一陣強風朝上空飛去。

他以尖牙、利爪與口中噴出的火焰對抗戰鬥機。

沒有翅膀的少女什麼都辦不到。

白銀巨龍很強。

他擊墜一架、兩架、三架戰鬥機。

少女的心跳情不自禁地加速。

因為他的勇猛、英姿與龐大，對少女來說就象徵了無敵。

畢竟就算知道人類的武器性能有多麼優異——

少女也從來不曾見過白銀巨龍落敗的模樣。

戰鬥機開始逃竄。

巨龍追了上去。

少女開始追逐飛向海灣的巨龍。她只能在一旁守候並見證這場戰鬥。

……一開始，少女以為是自己的錯覺。

因為巨龍明明沒有受傷，飛行高度卻好像降低了。

抵達海灣的時候，這份懷疑轉變為確信。

巨龍振翅的動作漸漸減弱，高度在轉眼之間下降。少女不明白究竟發生了什麼事，巨龍開始發出痛苦的急促呼吸聲。

少女與巨龍以為自己遭受的第一波攻擊是空襲，但事實並非如此。

早在轟炸之前，神殿的周圍就被投下無數發疑似煙霧彈的東西。那些東西沒有爆炸，靜靜地侵蝕了巨龍的身體。

這就是少女聞到的細微異味的真面目。

最初襲擊巨龍的是毒氣。

打從開戰以前，勝敗就已經注定了。就連巨龍擊墜的戰鬥機，也是要將他引誘到海灣的誘餌。

只對龍有效的化合物，在轉眼之間麻痺了他的神經。巨龍抵達海灣的同時，發出一陣沙沙聲降落在海灘上。

巨龍的藍色眼睛注視著大海和海上的敵人。

艦隊航行在約二十公里遠的海上。在許多小型軍艦的護送之下，異常引人注目的戰艦將主砲對準了巨龍。

那座主砲令少女感到眼熟。

少女深刻體會到。

在人的國度度過的那四天絕非惡夢。

也許在這座島上度過的幸福日子才是一場夢。

加農砲巴爾蒙克。

其砲管瞄準了趴在地上的巨龍。

少女奔向巨龍。

雖然不知道能有什麼幫助，她還是跑了過去。

她對巨龍伸出右手。

同時，閃光撕裂了黑暗。

這麼想的時候，少女的身體便已經在空中飛舞。光的砲擊將少女的右胸到右手的部分炸飛了。

威力相當驚人。

即使少女能用肉身護著巨龍，肯定也沒有任何意義。

少女的身體應聲摔落在沙灘上。都是多虧了龍血的保護，她沒有當場死亡。不過，她已經動不了了。

少女微微轉動頭部，望向巨龍。

巨龍受到與少女相同……不，受到比少女還要深的傷害。

巨龍的右半身消失了。堅固的鱗片如糖果般融化，斷裂的右邊翅膀掉落在沙灘上。

彷彿水銀的血液就像瀑布一樣大量湧出。

白銀巨龍已經死去。

藍色眼睛不帶任何感情。

背後的草木正在燃燒。

因為巨龍的死，整座島都在一瞬間內陷入火海。

見到這一幕的時候，少女感覺到自己的體內深處彷彿有黑色的火花正在噴發。

——太奇怪了。

少女已經數度在腦中想像過這場慘劇。每次想像，她都會作好覺悟。她知道自己與巨龍會在永年王國長相廝守，所以死亡是值得高興的事。

明明已經理解了。

巨龍看著瀕死的少女流著眼淚。

龍的身體構造並不能流淚。只是因為砲擊使得眼球受傷、流出血液，看起來就像在哭泣而已。

——這副模樣……

少女轉動脖子，望向殺死巨龍的戰艦。

一名看似砲擊手的男人站在砲臺附近。普通的人類無法在這個距離下用肉眼辨識，但接觸過龍血的少女能清楚看見男人的容貌。

那是一個有著黑髮與三白眼的軍人。他用毫無感情的眼神看著巨龍與自己……少女原本這麼想。不過，眼神凶惡的男人其實看著熊熊燃燒的伊甸。

男人的嘴巴動了起來。接觸過龍血的少女能夠聽見他在說什麼。

「……搞什麼，又來了。為什麼龍這種生物……老是這麼頑固又愚蠢？死到臨頭還硬要掙扎……我想要的可是果實啊……」

害我又白跑一趟——男人咂嘴說。

轟隆一聲。

少女心中的火花轉變為烈焰。

——白跑一趟？

那個男人剛才說了白跑一趟嗎？

焚燒我們的天堂、擾亂和平，甚至奪走我的摯愛。

他卻說這是白跑一趟？

悲傷、悔恨、憎惡與憤怒等所有負面情緒都成了這股怒火的燃料。

（我不能死。）

少女的身體被身旁的屍骸湧出的龍血浸溼。

（不能交出去。）

既然他不想要的話——

少女開始吸食填滿沙灘的銀色血液。她用舌頭拚命地舔，然後吞進肚子裡，就連一滴也不放過。

少女滿腦子只想著要活下去。她認為只要喝下龍血，或許也能治好自己的致命傷。

（只要能殺死那個男人……）

少女的紅色眼睛燃起復仇之火。

（只要能殺死那個男人，我就別無所求。）

少女專心一意地喝著摯愛的體液，可是不論她多麼奮不顧身，都無法阻止逐漸暗下來的視野。

最後意識落入萬丈深淵。

直到最後——

一人與一龍仍然無法理解彼此。

兩棲突擊艦芙蕾德貢。

這是率領五艘護衛艦，殺死白銀巨龍的戰艦之名。

艦長是諾威爾蘭特帝國的海軍將校——西吉貝爾特．齊格菲。

西吉貝爾特是以屠龍聞名的家族——齊格菲家的當家。不過，其容貌並不符合屠龍英雄的形象。他的身材高挑卻消瘦，還有一對眼神非常凶惡的三白眼。聲音低沉又微弱，而且神經質。除此之外，他講話的速度非常慢，脖子上還戴著一條紅寶石項鍊。

西吉貝爾特用厭煩的眼神望著燃燒的島嶼。

（伊甸又燒掉了。）

龍所守護的島嶼統稱為伊甸。伊甸零星分布在世界各處的海域，據說每一座島上都充滿了未知的資源——出現在神話中的智慧果實等。

這只是傳聞，因為實際上並沒有任何人曾經取得智慧果實。

一旦執行登陸作戰……應該說一旦殺死龍，島嶼就會開始燃燒。話雖如此，要在不殺死龍的情況下占領島嶼相當困難。人類也曾經不計代價地活捉龍，島嶼卻在人類抓到龍的那一刻陷入火海。

結果，人類取得的東西只有稱為「伊甸灰燼」的殘渣。不過這也是相當有價值的資源。即使化為灰燼，伊甸的造物仍然擁有極高的能量。

現在，全世界的伊甸都已逐漸化為灰燼。

其實他們應該尋找能在不讓島嶼燃燒的情況下占領伊甸的方法，情況卻不允許他們這麼做。由於伊甸灰燼是帶有高能量的物質，所以世界各國都爭相攻打伊甸。

西吉貝爾特准將隸屬的諾威爾蘭特帝國軍在攻打伊甸方面，比他國更有優勢，同時也絕對不能落後他國。

之所以比他國更有優勢，是因為擁有西吉貝爾特准將，也就是屠龍者齊格菲。現代兵器的發展雖然迅速，要殺死龍仍然是很困難的事。這時就輪到屠龍者出場了。只有西吉貝爾特·齊格菲能夠操控的加農砲巴爾蒙克，可以將任何龍一擊斃命。這是齊格菲的血統才辦得到的事，他國無法模仿。

不能落後他國的理由在於諾威爾蘭特帝國缺乏本土資源。諾威爾蘭特在歐羅巴大陸雖然屬於列強之一，主要的原因卻是憑藉屠龍者的力量獨占了伊甸的資源。目前他國成功占領伊甸的例子還很少，但今後想必會漸漸增加。因此，諾威爾蘭特帝國決定搶在他國之前回收所有伊甸資源，即使是灰燼也無所謂。

搭乘登陸艇登上伊甸的陸軍士兵正在努力滅火，不過這次應該也會化為灰燼。研究者表

示：「不知基於什麼原理，伊甸的果實都會從內側開始燃燒。」簡直就像神拒絕將自己的創造物交到人的手上。

其中一艘登陸艇回來了。西吉貝爾特認為是先遣部隊回收了灰燼，所以沒有特別留意。可是過了不久，西吉貝爾特的朋友一臉慌張地趕到他面前。

「不得了！西吉貝爾特！我們發現了不得了的東西！」

這個男人名叫約翰．薩克斯。雖然他的神情非常手足無措，好歹也擁有陸軍上校的地位。儘管西吉貝爾特的軍階高於他，兩人是超越階級關係的朋友。話雖如此，他還是應該在作戰期間對身為長官的自己使用敬語。畢竟還有其他部下在看。

「冷靜點。你今年已經四十歲了吧？」

「你還不是跟我同年！啊啊，真是的！總之你快過來！快點！她可能快要死了！要是她死了，你一定會後悔！」

在薩克斯上校的催促之下，西吉貝爾特准將前往登陸艇的機庫。

鐵製地板上，一名少女以仰躺的姿勢沉睡著，銀白色的頭髮帶著滑順的光澤。這名姿態成熟的少女穿著紅色的禮服，卻缺少了右臂，鮮血源源不絕地從傷口中流出。

「……這傢伙有什麼問題嗎？她是擋在龍前面而差點送命的女人吧？我也看到了。」

齊格菲家因為英雄的血統，擁有超人般的體能。雖然對龍開砲的距離約有二十公里遠，他卻能看清島上發生了什麼事。

伊甸偶爾會有人類居住。但他們不是與龍一起赴死，就是與果實一同燃燒。根據研究者的區分方式，選擇與龍共赴黃泉的是漂流到伊甸的人類，自體燃燒的則是在伊甸出生的人類。雖然西吉貝爾特不知道研究者是以什麼為根據——

不過這個女孩屬於前者。

「就讓她跟龍一起死吧。」

即使西吉貝爾特不這麼說，這個女孩也必死無疑。如果只是斷了手臂就算了，她甚至被砲擊削去了右胸。缺少了右邊的肺部，根本不可能存活。

「笨蛋！你快看這孩子的左手腕！」

薩克斯大吼。

「……啊啊？」

纖細的手腕上刺有某貴族的家徽。

白銀巨龍——

我的摯愛就在眼前。

我跑過去擁抱他，原本堅硬的鱗片現在就像腐爛的果實一般柔軟。擁抱的力氣越大，我的手臂就往他的體內陷得越深。

某種東西從上方落下，發出「啪」的一聲。

龍的身體漸漸化為濃稠的液狀。呈現半液體的龍頭落在我的頭髮上，我用舌頭舔了一下從瀏海前端滴落的體液。

我將臉埋進他的腹部。

就像要啃、吃、咬、吸、喝、舔——

並且親吻他。

我漸漸進入他的體內，他漸漸進入我的體內。

這種感覺並不壞。不，坦白說，內心反而充滿了幸福。

無視於摯愛的意志，一面蹂躪對方，一面與其合而為一的行為——

暢快得超乎想像。

而且舒服得可怕。

第二章

指尖感受到毛毯的觸感，少女於是甦醒過來。

她躺在諾威爾蘭特帝國軍營醫院的病床上。

視野很模糊，意識也不太清楚。身體使不上力，完全動彈不得。

碰巧在場的護理師注意到少女正半睜著眼睛反覆眨眼。

發現少女已經甦醒的護理師匆匆走出病房。

護理師帶著三名醫師回到病房。身穿白衣的他們有時觸碰少女的身體，有時用光線照射少女，確認她的反應。這樣的行為也在大約十五分鐘內結束了。

甦醒之後，大概過了一個小時左右。

身體依然動不了，意識卻漸漸變得清晰。眼睛也已經恢復正常，可以看清奶油色天花板上的花紋。

一名穿著軍服的男人走進房間。

他有著黑髮、消瘦的身材與三白眼。

他的胸口別著殺死許多龍的證明——深灰色的大巴爾蒙克勳章，從衣領上的階級章可以得知這個男人是准將。只不過，這個時候的少女並不了解這種事。

男人的眼裡帶著見過大風大浪的人特有的黑暗殺氣。他的虹膜也是黑色的。刻在眉頭的深邃皺紋也顯示，他的人生道路並不平順。

男人對少女說：

「好久不見……聽說我們見過。」

他說的是人類的語言，不是真聲語言。

不過，少女能理解他所說的話。少女使用至今的真聲語言是世界上所有語言的起源，能夠理解真聲語言，就能通曉從過去到未來的任何一種語言。男人說的語言在諾威爾蘭特之中也是只有上流階級會使用的高雅用語，但少女依然能大致理解。

然而，能夠理解對方想表達的意思，不代表她願意與對方溝通。

身體擅自動了起來。

原先完全不聽使喚的身體在大腦下令之前，就已經採取行動了。

少女頓時從床上跳起，撲向有著三白眼的男人。

——這傢伙就是殺了巨龍的男人。

少女試圖用自己的右手——包著繃帶的右手——打碎男人的冷漠臉龐。她以不像是傷患的速度與威力出拳，超越了人類的動態視力能夠捕捉的範圍。

男人只用一隻手就擋下了攻擊。

他用蛇一般的動作纏繞少女的手臂，然後順勢將少女壓制在地。

這下子，少女真的完全動不了了。

若單純比較力氣，肯定是少女獲勝。少女接觸過龍血，而且吃著伊甸的果實長大，其肉體不論是外表還是內部都將近完美。

另一方面，男人的身材相當消瘦，看起來甚至有點體弱多病，實在不像是特別有力氣的類型。

明明如此，少女卻完全敵不過這個男人。

「女人，不要把我的話當耳邊風。」

男人的聲音很機械化，帶著不容質疑的魄力。

「聽到人家打招呼就要回應，妳爸媽沒有教過妳嗎？啊啊，的確沒有教過……」

少女保持沉默，聆聽男人所說的話。她只能這麼做。

「好吧，我來自我介紹……話雖如此……妳或許還記得我。」

少女幾乎不記得待在人類社會時的事了。

「我是西吉貝爾特．齊格菲，屠龍貴族——齊格菲家的當家。」

即使如此，她仍然保有模糊的記憶。

比如說掛在宅邸大廳裡的肖像畫。他是身為眾多兒女之一的自己，一次都不曾見過面的當家。

父親。

那個人正是西吉貝爾特．齊格菲。

「看妳的表情，果然還記得……妳叫做布倫希爾德吧。」

布倫希爾德．齊格菲。

這就是少女直到三歲以前的名字。

身為龍的女兒且接觸過龍血的少女，其實是繼承屠龍者之血的後裔。

「我不是布倫希爾德，我沒有名字。」

巨龍說過的話在腦中復甦。

自從巨龍說「我會用『妳』來稱呼妳」的時候，布倫希爾德就捨棄名字，成了「妳」。

「我要繼續說下去了，布倫希爾德。」

不過，西吉貝爾特就像要踐踏她的純粹意念一般，繼續說了下去。

「我不記得妳。直到進攻白銀島的作戰計畫結束為止，我都不知道自己有個名叫布倫希爾德的女兒。」

「我才不知道什麼齊格菲。」

西吉貝爾特捲起自己的左手袖子，他的手腕上有一個徽章的刺青。

「妳的左手腕上有同樣的東西。妳確實具有齊格菲家的血統，我也已經確認過了。妳就是十三年前被擄走的……我的女兒。」

要再繼續裝傻下去，恐怕很困難。

「那又如何？難道你要我當齊格菲家的繼承人嗎？」

「沒錯。」

他的語氣不像在開玩笑。

「妳不必擔心。就算有血源關係，我對妳也沒有感情。不過，要是不快點決定後繼者，其他人就會囉嗦個沒完。」

他用厭煩的語氣說。

「我能猜到妳的經歷。妳在白銀島接觸了龍血……然後被龍養育成人。」

簡直就像在玩扮家家酒——西吉貝爾特不屑地說。

布倫希爾德一時氣憤難平，試圖反擊，卻被他坐在背上，因此束手無策。她頂多只能扭動脖子，瞪著西吉貝爾特低聲說：「才不是扮家家酒。」

西吉貝爾特俯視她的表情帶著複雜的神色。

「薩克斯說只要願意談談就能把話說開……看來行不通。畢竟都分離十三年了。還是說，原因在於妳的髮色跟我正好相反？」

他的悠閒語氣彷彿完全不把布倫希爾德的憤怒放在眼裡。

「為什麼……！為什麼我不能動……」

「……啊啊？」

布倫希爾德咬牙切齒，試圖扭動身體，卻連這點小事都辦不到。

「好，我就告訴妳吧。妳一輩子都贏不了我，只能乖乖……服從我。」

西吉貝爾特開始解開纏在布倫希爾德右手上的繃帶。

布倫希爾德的脊椎頓時竄起一股寒意。

她想起在島上最後的記憶。

布倫希爾德沒能幫巨龍擋下攻擊，全身都被炸飛，失去了從右胸到右手的部分。

可是——

為什麼自己現在還保有右手？

「龍果然很像蜥蜴。」

人類接觸過龍血，自我恢復力就會變強。不過，失去的肉體終究無法再生。

「妳贏不了我，因為我是屠龍者……」

一圈一圈的繃帶落在地上。

「而妳是龍。」

「啊、啊啊啊啊啊啊啊啊！」

出現在眼前的右手被閃耀的白色鱗片包覆。

不，是龍的手臂從斷掉的右肩長了出來。

「恭喜妳，可以永遠跟他在一起。」

「不對！不對不對不對！我只是！我只是！」

「妳當時吃得滿嘴黏糊糊的……還想狡辯啊？」

當時，自己喝下了龍血。

為了將他占為己有，不讓給這個男人。

她一口又一口，一口又一口地喝著。

右手就是這個行為的結果。

「真是野蠻的傢伙。」

布倫希爾德的腦中化為一片通紅。

「去死！我要殺了你……！你這個……！」

「我也一樣，很想殺了妳。那種來自伊甸的流亡者……在我看來就像怪物，而不是女兒。不過……」

因為接收到高層的壓力，西吉貝爾特不能殺死布倫希爾德。軍方與研究機構認為布倫希爾德是沒有焚燬的伊甸造物，於是已經著手將她納入軍方的管轄之下。

「要不是因為你殺了巨龍！我就不必這麼苟延殘喘地活著了！」

「……妳的心態還真壯烈啊。」男人嘲笑。

醫師注意到騷動趕了過來。聽到「施打鎮定劑」的聲音之後，左手有被針刺中的感覺，意識在轉眼之間變得模糊。

西吉貝爾特背對布倫希爾德走向別的地方。

「給我記住……我會……殺了你……就、就算你逃到天涯海角……殺父……仇人……我會親手……」

身體逐漸失去力氣。

西吉貝爾特只回過頭說：

「想殺我是妳的自由，但我不認為妳的父親希望妳這麼做。」

意識開始混濁，聲音以驚人的速度遠去。

可是……

——別說得好像妳這麼做都是為了別人。

即使是在逐漸模糊的意識之中，男人的這句話依然清晰地傳進耳裡。

嘴巴動不了。

布倫希爾德沒能反駁。

軍靴的腳步聲越來越小，最後再也聽不見。

西吉貝爾特離開了醫院。

為了擬定下一次的伊甸攻略計畫，他打算當天前往港都。

不過，穿越醫院的庭園時，他撞見一名黑髮少年。

其髮色和瞳色都與自己相同。

是個十七歲的少年。

他的名字叫做西格魯德．齊格菲，是西吉貝爾特的兒子。

西吉貝爾特在兒子面前停下腳步。不過，他什麼都沒有說。

不，是說不出口。

西吉貝爾特不擅長與人交談。不論對象是誰，他都很少主動搭話。儘管對兒子也是如此，其性質卻與對其他人的沉默有所不同。

黑眼珠偏大的眼睛很像已逝的母親，正用責備的目光看著自己。

西吉貝爾特不知道該說什麼。相較之下，應付龍的女兒就輕鬆多了。

身為兒子的西格魯德終於按捺不住，開口說：

「……我聽說你去見布倫希爾德了。」

「……是啊。」

正值叛逆期的兒子不會對自己使用敬語。不過，西吉貝爾特並不在意。

「你不回家一趟就要直接去港口了嗎？」

「……沒錯。」

薩克斯曾說過，親子之間有著看不見的羈絆。

西吉貝爾特認為這是事實。自己只要面對兒子，就會莫名變得比平時還要不擅言語。

「聽說軍方要將她納入管轄？而且還會賦予階級。」

「……沒錯。」

「我當時就沒有得到這種待遇。」

西格魯德也是軍人，階級為下士。儘管他的階級高於同齡者，齊格菲家並沒有作為後盾。雖然有一部分是由於周遭的人感受到齊格菲家的壓力而提拔西格魯德，至少當家本人完全沒有替兒子說情。

西格魯德從二等兵開始，一路晉升至下士。

西吉貝爾特知道西格魯德很努力。

然而——

「……退出軍隊吧。」

西吉貝爾特說出殘酷的話。

「屠龍……並不像你想得那麼快樂。」

西格魯德朝西吉貝爾特踏出一步。他似乎正在壓抑想揪住父親衣領的衝動。

「我不展現實力……你就不會讓我繼承屠龍者的名號吧！」

「不管你多麼努力……我都不會……讓你繼承屠龍者的名號……繼承巴爾蒙克。」

「不會讓我繼承？」

西格魯德敏銳地讀出言外之意。

「難道你要讓布倫希爾德繼承……？」

「……有這個可能。」

「為什麼？為什麼要讓整整十三年都不在家的人……」

西格魯德太過憤怒，似乎無法再繼續說下去。

西吉貝爾特不知道該對他說些什麼。所以，他決定拋下兒子，自行前往港都。

「我不會退出軍隊！」

兒子的聲音從後方追了上來。

「我會證明我比她更優秀！那樣一來……！」

父親假裝沒有聽見兒子的聲音，逕自離去。

約翰・薩克斯是諾威爾蘭特陸軍的上校。

他與西吉貝爾特・齊格菲是同梯，年齡也相同。可是除了年齡以外，他們在各方面都完全相反。

西吉貝爾特是個沉默寡言且粗暴的男人。他也是現實主義者，總是沿著最短的距離朝目標前進。

薩克斯很開朗且多話。他也是樂觀主義者，認為人生的精髓在於吸收各種不同的經驗。

正好相反的兩人如此友好，在旁人的眼裡顯得非常不可思議；但或許就是因為他們正好相反，才能在彼此身上看見自己缺乏的特質。

現實主義者與樂觀主義者在升遷的速度上自然會有差異，但薩克斯不在乎。他並不是會重視階級等制式概念的人，反而對這些東西感到厭煩。

現在，西吉貝爾特這個朋友對薩克斯提出了一個請求。

這並不是什麼稀奇的事，西吉貝爾特與薩克斯是經常互相幫助的關係。他們碰到自己不擅長的工作領域，就會坦然地向朋友求助。比起自己左思右想，這麼做比較快。因為那些領域都是與自己正好相反的朋友所擅長的領域。

西吉貝爾特請薩克斯協助的，大多都是需要社交能力的工作。

例如培育後進，或是矯正雖有能力卻也有問題的軍人。西吉貝爾特傾向用暴力解決問題。儘管暴力看似能解決當下的問題，終究治標不治本。

這種時候就輪到人緣好的薩克斯出場了，不過……

「唉────────……」

在開往醫院的接駁車中，薩克斯不禁嘆了一大口氣。司機嚇了一跳，隔著後照鏡看了薩克斯一眼。

這次的問題兒童是其他人無法比擬的。

（接觸過龍血、自認為龍的女兒，卻是屠龍名門的一員，甚至還是個十六歲的女孩子……？開玩笑的吧？）

薩克斯壓抑想抓亂頭髮的衝動。難得打理好儀容，不能白白浪費掉。面對女孩子，第一印象特別重要。正因為已經邁入會被稱為叔叔的年紀，薩克斯比別人更注重整潔。

問題兒童的名字叫做布倫希爾德．齊格菲。

她是上個月在白銀島攻略作戰中被帶回國的少女。

根據薩克斯的分析，問題主要可以分為四大項。

第一是龍血。

眾所周知，龍血是會讓超過百分之九十九的接觸者死亡的劇毒。不過，除了軍方相關人士、醫療從業人員、學者與研究者以外，很少有人知道的是，即使接觸者幸運生還，也有可能在精神方面產生某種障礙。

薩克斯推測，該名少女十之八九具有精神異常的傾向。

若非如此，她應該不會自稱龍的女兒。她的自稱就是第二個問題。不，這也不一定。薩克斯曾聽過被狼養大的少女的故事。在特殊的情況下，自稱為非人生物的女兒，說不定也不是不可能的事……？

而且……第三個問題在於，她的成長過程雖然野蠻，卻擁有名門——齊格菲家的血統。真是難以置信。

她是知心好友的女兒。

就算是自己的好友，一般人會因為不擅長溝通，就把女兒交給別人照顧嗎？

她是你的女兒吧？既然是父女，至少也該好好談過一次啊。薩克斯這麼說服忙碌的西吉貝爾特，讓他留在首都——直到布倫希爾德甦醒為止。

然後，布倫希爾德一甦醒，薩克斯便催促他去探望。

薩克斯不知道他們當時談了些什麼。

回來的西吉貝爾特用一如往常的陰沉語調說：「……我沒辦法應付。我沒辦法照顧她，也不打算照顧她。我想把她安樂死。」

喂喂喂，那樣也太過分了吧？十三年來……不，考量到齊格菲家的狀況，她確實是初次見面的女兒，但你仍然是她的父親吧？安樂死這種字眼，就算不小心說溜嘴也不該講啊。

平常待人溫和的薩克斯在這時發飆了。他大罵西吉貝爾特一頓，甚至差點動手打人。

於是，西吉貝爾特將布倫希爾德推給了薩克斯。他說：「是你把她從伊甸帶回來，也很擔心她的安危。跟我比起來，你更像她的父親。」

薩克斯撫摸修剪整齊的鬍子開始沉思。

（……怎麼可以交給我啊。）

約翰．薩克斯很了解西吉貝爾特．齊格菲這個男人。

世人都認為他是屠龍英雄。這是事實。若沒有他，伊甸攻略作戰就不可能成功。

然而薩克斯認為西吉貝爾特真正的武器是洞察力。他的三白眼總是能看穿事物的本質。以看穿正確答案的洞察力為武器，他肯定能站上軍方的頂點。

「可是啊……西吉貝爾特。」

薩克斯不禁抱怨。

「這次的決定，我想是你錯了……」

就算救助她的人是我，就算擔心她的人是我。

父親依然是你，西吉貝爾特。

我並不是布倫希爾德的父親。

下了接駁車之後，薩克斯踏進醫院。

前往布倫希爾德．齊格菲住院的個人病房之前，他在鏡子前整理自己的儀容。即使對象是龍的女兒，也一樣是女孩子。

薩克斯仔細地調整了長度剛好不會遮蓋到眼睛的瀏海。嗯，應該沒問題。

薩克斯年輕時也是個美男子。

他以前是個以玩弄女人為樂的糟糕傢伙。

年齡的增長使得年輕時的活力與青春從他臉上消逝，但也相對轉變成具有包容力的長相，軍方內部也有許多女性暗戀他。

不過，薩克斯並沒有交往對象。

他永遠忘不掉。

二十四歲的冬天，他受到了天譴。自從被只是玩玩的女人刺傷而緊急送醫以來，他就完全斷絕了所有男女關係。

女人很可怕。

完成儀容的最後檢查之後，他低聲說了一聲：「好。」替自己打氣。

保險起見……

薩克斯在口袋裡藏了自己的武器——一把匕首。

如果對方不是人，而是龍的女兒，自己就有可能遭到攻擊。即使沒有西吉貝爾特那麼強，即使比西吉貝爾特還要和善，薩克斯仍然是個身手了得的武人。

（不過，根據她的生平，我應該不是她的對手就是了。）

匕首沒有派上用場。

個人病房的窗戶是敞開的。從窗外吹進來的風使得窗簾隨之搖曳，形成波浪。

布倫希爾德．齊格菲就坐在床上。銀白色的頭髮受到陽光的照射，染上了一片赤紅。她的眼睛就像在寧靜的黑暗中隱隱燃燒的篝火。

黑色的火焰化為人形，停留在那裡。

這就是薩克斯對布倫希爾德．齊格菲抱持的印象。即使發現他踏進病房，布倫希爾德也絲毫不理會。

「布倫希爾德・齊格菲就是妳嗎……？」

少女有了反應。不過，讓她有反應的時機不是聽到布倫希爾德・齊格菲的時候，而是聽到「妳」這個稱呼的時候。

「不要叫我『妳』，人類。」

薩克斯不知道她為何這麼說，也不打算探究。根據薩克斯的經驗談，對稱呼的堅持或執著通常源自於只有本人知道的原因。

「那麼……我該怎麼稱呼呢？」

「你是誰？」

薩克斯驚覺自己犯了錯。在詢問他人的名字之前，先報上自己的名號才是禮貌。

薩克斯垂下眉尾，微微揚起嘴角。他的柔和微笑具有放鬆他人戒心的效果。不過，前提是對方是人類。

「抱歉、抱歉。我是約翰・薩克斯，在諾威爾蘭特陸軍擔任上校。我跟西吉貝爾特是老朋友了。」

薩克斯提起西吉貝爾特的名字，窺探對方的反應。他試圖以共同的熟人來開啟話題，而這招似乎奏效了。因為布倫希爾德的眉毛顫抖了一下。

「那個男人在哪裡？」

這句話裡帶著敵意。這也難怪，畢竟西吉貝爾特殺了龍。

「我也不知道他現在在哪裡，只知道他在海上。」

西吉貝爾特准將曾經交代薩克斯上校，絕對不能將他的行蹤透露給布倫希爾德知道。

少女用詭異的深紅色眼瞳注視著薩克斯。

「你說謊。」

她這麼斷言，彷彿讀出薩克斯的心思。

「為什麼要說謊？」

薩克斯很習慣應付這種情況。

他擺出一副傷腦筋似的笑容。

「我沒有說謊啦。他為了攻略伊甸，必須航行在世界各地的海域。應該只有跟他同船的人才能掌握他的行蹤吧。」

詭異的少女瞇起眼睛，暫時望著薩克斯。

「這樣啊。」

她用放棄般的語氣這麼說完，便從薩克斯身上別開視線。

然後再次像個人偶一樣動也不動。

「西吉貝爾特拜託我照顧妳……照顧布倫希爾德。」

薩克斯不小心說出「妳」這個稱呼，然後又趕緊改口。

她已經沒有反應。所以，薩克斯單方面地繼續說：

「西吉貝爾特很忙，暫時沒辦法待在首都。」

薩克斯儘量用柔和的音調說話，避免刺激對方。因為他聽說，這名少女曾一度撲向號稱諾威爾蘭特軍最強男人的西吉貝爾特。

「布倫希爾德有沒有什麼想問的事呢？像是自己的狀況、往後的事，或是被編入軍隊的事，什麼都可以問。」

「我不在乎。」

她不理不睬。

「那有沒有什麼困擾的事呢？像是不想抽血，或是右手的鱗片被剝掉時會痛之類的。我可以幫忙跟醫生反映。」

布倫希爾德是活生生的伊甸果實。

雖然沒有進行人體實驗，連續好幾天都要採集構成其身體的所有物質並分析成分。布倫希爾德的傷勢已經幾乎痊癒了卻仍然沒有出院，理由就在這裡。院方似乎還實施了體能與智力測驗，但她非常不配合，所以過程不太順利。她突然遭到人類的襲擊而失去家園，也難怪她會拒絕配合了。

「想檢查還是研究……都隨你們的便。我要做的只有一件事。」

就是殺了那個男人——她說。

薩克斯不認同她對好友的殺意，但也沒有否定。

「那份心情，我能感同身受。家人被殺死，會想要報仇也很正常。可是，過於坦露自己的敵意……並不是明智之舉。」

「不是明智之舉……？」

「因為這個世界上，並非所有人都是自己的敵人。現在的布倫希爾德會覺得所有人都像敵人也沒辦法。可是，請慢慢了解，事實並非如此。」

有人曾提議將布倫希爾德當作實驗動物，關進研究機構。

不過，也有人反對這個提議，靠著自傲的辯才，努力說服軍方收留布倫希爾德。

這個人就是薩克斯。雖然不打算高聲宣稱自己是她的同伴，薩克斯想儘量幫助這名十六歲的少女。

……他就是不免想起自己的女兒。

「今天就到此為止吧。」

會面的時間很短暫。

必須花時間，慢慢融化這個孩子的心防。

因為現在的她還處於很敏感的狀態。

「那麼，下次見。」

薩克斯開始了定期探病的生活。

剛開始的一陣子並沒有明顯的變化。

就算薩克斯開口搭話，她也只會視而不見，或是簡短地回應。

——老實說，她實在令人不寒而慄。

少女只會用暗紅色的眼睛盯著對方看。目不轉睛，就像在觀察對方。

可是，過了一週的時間，少女主動向薩克斯搭話。

我稍微改變想法了——她用敬語這麼說。

「以前，我曾經在外面的世界度過四天的時間。當時我了解到，這個世界沒有龍的容身之處。既然身為龍之女的我想在這種世界活下去，就只能認真地達成人類對我的要求了。」

薩克斯瞠目結舌，沉默了一陣子。

「布倫希爾德還會用這麼困難的詞彙啊……」

他不禁說出這段感想。這也難怪。誰能想像得到，被龍養大的人類竟然能使用這些困難的詞彙和敬語呢？

「因為我在伊甸獲得了智慧。」

她仍然將自己封閉在牆內。那是很高，而且堅硬的牆壁。

不過，她願意將態度稍微放軟，讓薩克斯非常高興。

「正如你所言，在我看來，這個世界的一切都像敵人。不過，你比其他人對我更友善，而我能依賴的對象也只有你。」

「薩克斯。」

少女第一次呼喚上校的名字。

「我可以依賴你嗎？」她這麼問。

「當然可以。」除此之外，他沒有準備其他答案。

布倫希爾德說：「我想了解人類的世界，特別是我接下來要加入的『軍方』。」

不知為何，她能讀懂文字，所以薩克斯決定給她一些書。一開始，薩克斯帶了三本兒童取向的書，但她隔天就已經看完了。

然後，她一看到薩克斯的臉便這麼說：

「薩克斯，下次請帶更難的書給我。」

薩克斯接著帶來的五本入門書，她也在短短的一天之內便看完了。他帶來的書漸漸變成艱澀難懂的內容。

不過，少女的用詞與書的難度呈反比，變得越來越圓融。

透過與薩克斯的對話，她似乎學到了什麼。

日子一天一天過去，少女周圍的書本變得越來越多。因為她想閱讀關於國家歷史、政治與軍事的書，所以薩克斯吩咐部下送來。

少女很勤於閱讀書籍，了解自己即將加入的軍方。

她這副模樣十分專注，而且心無旁騖。

現在的訓練生之中，已經沒有人像她這麼認真了。她比薩克斯年輕時還要努力百倍。因為她實在太過投入，有時候會讓人猶豫是否要走進病房。

可是，薩克斯有點擔心。

只看教科書無法豐富心靈，這樣會讓她變成空有知識的孩子。

薩克斯這麼想，在教科書之間夾進一本其他的書再交給她。

那是一本故事書，描述被狼養大的少女。

失去養育自己的狼，少女被帶往人類世界。狼少女一開始很困惑，但接觸到人的善良便漸漸習慣了人，最後決定與人一起活下去。故事的結局是少女過著幸福快樂的生活。

主角的經歷與她很相似。

薩克斯希望她的未來也是如此幸福的結局。

隔天，薩克斯從病房門上的窗戶碰巧看見正在閱讀那本故事書的她。

她的眼角流下一行淚。

這一天，薩克斯沒有跟她打招呼便離去。

據說白銀巨龍有一顆非常美麗的心。

就是因為曾與那頭巨龍一起生活，她才會如此美麗，而且純真嗎？

薩克斯開始定期探望之後，時間過了兩週。

「請叫我布倫希爾德。」

少女說。這個時候，布倫希爾德對軍方的知識量已經相當龐大了。

「薩克斯上校就是上校，屬於高階將校。我正式加入軍方時，不知道會被授予什麼樣的階級，但想必不會高於准將。上校用畢恭畢敬的口吻稱呼即將成為屬下的我太奇怪了，今後請直接叫我布倫希爾德。我也不會再稱呼您為『薩克斯』，而是稱呼上校。」

此外，我也會確實使用敬語——少女說。

「……嗯，我知道了。」

少女正在漸漸成為人類。

為此，她很努力適應人類社會的規矩。聽說她最近也會配合接受體能和智力測驗了。

雖然這些都是好事，但布倫希爾德開始使用敬語，並稱呼薩克斯為上校，讓他感到有點寂寞。只有一點點。

有一次，薩克斯跟她聊起自己年輕時出糗的往事。

少女稍微低下頭，用手摀住嘴巴。

她的嘴角微微上揚，發出清脆的噗哧一笑。

這是薩克斯第一次看到少女露出笑容。

看到她因為故事內容而流淚的時候，薩克斯就明白了。

這孩子也是有血有肉的人類。

即使外表相當成熟，頭腦也很聰明，內心卻是與年齡相仿的……十六歲少女。

他們開始會聊各式各樣的事。

「上面寫著關於我的事。」

這一天，布倫希爾德在床上攤開三份報紙。

報紙上恣意寫著〈從伊甸回歸的少女〉、〈十三年前失蹤的千金在龍之島現身〉、〈龍的女兒竟來自屠龍家族〉等標題。

「上校，我的存在已經是眾所周知的事了嗎？」

「……是啊，已經是名人了。」

雖然軍方內部對來自伊甸的少女一事下了封口令，流言蜚語根本防不勝防。情報從某處洩漏，記者從某處嗅到了情報，便寫出這些新聞報導。薩克斯並不想用這種方式刺激少女。

「我聽說人的國度有所謂的歧視。」

少女用左手抓住纏繞著繃帶的右手。她的右手被龍的鱗片所包覆。

「如果受到那樣的對待，我恐怕無法忍受。」

「別擔心，世人並不知道右手的事，還有被龍養大的事。」

「可是，標題上寫著龍的女兒。」

「那只是報社誇大其詞而已。雖然碰巧切中事實，幾乎沒有人會相信。」

受到新聞記者的追問，軍方公開的事實只有「在無人島上發現了齊格菲家的女兒」。

「我往窗外眺望，偶爾會看見拿著相機的人。那些人就是記者吧。」

薩克斯搔了搔頭。

「我們明明已經禁止記者進入醫院了……」

「是嗎？其實曾經有記者在半夜跑到我的病房呢。」

「咦……？真的嗎？」

「是的。不過因為當時碰巧有護理師經過，所以記者就逃走了……」

布倫希爾德緊抓覆蓋床鋪的白色床單。

「……我覺得有點可怕。」

「我會試著加強戒備……但這件事可能很難解決。」

「上校也有贏不了的對手嗎？」

「就算是高階將校也贏不了輿論。很抱歉……只能先忍耐幾個月了。」

「幾個月……嗎？」

「嗯，畢竟這個國家的人就是三分鐘熱度。幾個月後，他們應該就會跑去追別人的八卦了吧。」

「以前也曾出現像我一樣的人嗎？」

「雖然沒有像布倫希爾德這麼特殊的人，有很多人都曾經受到輿論關注。做了壞事的人會被寫得難聽到令人難以置信。不過，幾個月後，大家都會遺忘。放心吧，再過幾個月就能過上平靜的生活了。」

布倫希爾德稍微沉思了一下，然後低聲說：「……輿論攻擊。」

布倫希爾德用充滿好奇的紅色眼睛看著上校說：

「上校，從今天起，我想多讀一點報紙。」

兩人現在也會聊到彼此的遭遇。

研究者曾要求：「問出伊甸是什麼樣的地方。」不過薩克斯沒有理會。薩克斯就算從她口中聽說關於伊甸的事，也不會告訴其他人。因為他覺得一旦說出去，就會嚴重破壞彼此的信任。

「人類的國家有很多莫名其妙的規矩，讓我很困惑。」

「伊甸有什麼樣的規矩呢？」

「那裡沒有規矩。在伊甸，所有生物都是朋友兼家人。因為大家都不會捉弄或傷害他人，所以不需要規矩。人與狼可以結為連理，女性與女性可以相愛，男性也可以留長髮。就算有家庭，也沒有一家之主的存在，所以每個成員都能自己決定自己的人生。大家都不用穿制服，可以穿自己喜歡的衣服，不會因為身分配不上而被迫脫下。」

這些行為，在人的國度似乎都是非常離譜的事——布倫希爾德苦笑著說。

「……啊，不過，好像還是有禁忌。」

布倫希爾德垂下纖長的白色睫毛，表情一口氣暗了下來。

「女兒不能愛上父親。」

薩克斯感覺到心臟狠狠縮了一下。

「上校，這一點在人的國度也是相同的嗎？女兒是不是不能愛上父親呢？」

薩克斯雙手相扣，安靜地深呼吸，然後答道：

「沒有那回事。因為爸爸和女兒是家人，相愛有什麼不對？」

聽到薩克斯的回答，少女綻開笑容。

「人的國度只有這一點比伊甸還要自由呢。」

「一點也沒錯。能得到女兒的愛，對父親來說反而是天大的幸福。因為女孩子長大之後，就會漸漸變得討厭爸爸了。」

「上校的女兒也是這樣嗎？」

「咦？」

薩克斯的時間靜止了。

布倫希爾德的眼裡浮現困惑的神色。

「根據上校的談話內容，我猜您應該有女兒……」

「……啊啊，嗯。」

薩克斯一時說不出話來。

「我是有女兒沒錯。以我的情況而言……她會討厭我也是理所當然的。」

不知道從薩克斯的眼神裡讀出什麼訊息。

布倫希爾德沒有再繼續追問。

一個月過去，薩克斯幾乎每天都到醫院報到。

「原來上校這麼閒啊。」

可能是悉心的照顧終於開花結果了，她現在已經會開起有點不客氣的玩笑。也許她願意稍微敞開心扉了。

順帶一提，上校並不閒。

現在也是工作時間。布倫希爾德的監護是准將發出的正式命令，所以他正在執行勤務。

「如果沒有人來探望，不是很令人寂寞嗎？而且今天布倫希爾德終於要出院了，所以我也是來迎接的。」

需要從布倫希爾德身上採集體液等檢體的研究，昨天就已經全部結束了。接下來要繼續分析檢體的成分，或是觀察實驗動物接觸相關物質後的反應，但布倫希爾德已經沒有必要繼續住院了。

「出院的意思是，我從今天開始就要正式加入軍方了吧。」

布倫希爾德下了床，作出立正站好的姿勢。

薩克斯差點要她別這麼正經八百，但又作罷。

薩克斯先清了一下喉嚨，然後擺出非常嚴肅的表情。

「首先從任命書開始……」

說著，他從包包裡取出一張羊皮紙。即使是在製紙技術發達的現代，政府的文書依然會用到高級的羊皮紙。

「……馬上就直升軍官啊。雖然是我自己安排的，沒想到會成真……齊格菲家的權力實在很驚人。」

薩克斯將羊皮紙交給布倫希爾德。她看見上頭的內容，似乎也嚇了一跳。

畢竟任命書的內容是要讓布倫希爾德擔任陸軍少尉。

雖說是最低階，卻讓一名少女直升軍官，可說是各種複雜理由交互作用之下的結果。

伊甸的研究機構至今仍然主張應該將布倫希爾德當作實驗動物看待。那群瘋狂的人打算對她執行一次又一次的人體實驗，最後再加以解剖，並做成標本……悲哀的是，布倫希爾德的父親——西吉貝爾特當初也贊同這個做法。

另一方面，也有團體認為應該將她視為一個完整的人。在白銀島攻略作戰中見到她的軍人幾乎都抱持這樣的看法。看到她失去右臂的悲慘模樣，卻還想把她當作「實驗動物」的人，實在有點沒人性。雖然應該採集血液、細胞與黏膜並加以研究，但往後要在觀察的同時由軍方來監管並運用，就是薩克斯等人的主張。各式各樣的測試都已經證明布倫希爾德的智力與體能相當高，為了解剖而殺死她未免太可惜了。

兩大派系一度僵持不下，但薩克斯私下說服西吉貝爾特，讓他動用齊格菲家這個後盾。薩克斯想藉由給予軍官的社會地位，讓她成為公眾人物，保護她免於非人道實驗。

事情很順利，於是少女當上了少尉。

不過，這當然是有名無實的少尉。

薩克斯用嚴肅的聲音說：

「雖然說起來很難聽，這個地位只是裝飾品。」

這件事無論如何都必須事先說明。即使少尉這個地位並不是她主動追求的。

在這個國家，就算有配得上少尉名號的實力與上進心，仍然有許多人無法當上少尉。應該說，大部分的人都是如此。薩克斯的部下之中也有許多這樣的人，考量到他們的付出，薩克斯必須說出「地位只是裝飾品」的事實。

即使出身名門且擁有特殊的經歷，突然將她任命為軍官也可以說是對其他軍人的侮辱。

「布倫希爾德，軍官必須拿出相應的格調才行，絕對不能忘了這一點。」

「我明白了。」布倫希爾德在敬禮的同時說。

「那麼，身為長官的我要交代第一份任務了。兩個月後，少尉必須對環保團體『堤豐』進行某項說明。」

「說明嗎？既然身為軍人，工作不是上戰場嗎？」

「那樣還比較輕鬆呢……」薩克斯說完搔了搔鼻頭。

這其中也牽扯到許多複雜的政治因素。

少尉的地位能保護布倫希爾德免於非人道實驗。所以，現在的研究機構似乎打算把她從這個位子上拉下來。他們提出的策略就是讓布倫希爾德與名叫堤豐的環保團體接觸。

堤豐雖然自稱環保團體，實際上卻是將龍視為神之使者的狂熱宗教團體。

「累積善行的人類死後，靈魂會被身為神之使者的龍引導到稱為永年王國的天堂」——

如此過時的思想就是該團體的教義。

堤豐從以前就多次與伊甸的研究機構和軍方爆發衝突。他們對於伊甸攻略作戰及屠龍的行為都採取極度反對的立場。

而這時又有報社爭相報導「龍的女兒」。

堤豐當然不會坐視不管。對他們來說，龍是神的使者，所以他們不允許區區的人類自稱龍的女兒。他們對研究機構與軍方發出強烈的抗議。

接著，連這個「龍的女兒」將被編入軍方的事都從某處洩漏了出去。雖然連笨蛋都猜得出來是從哪裡洩漏的……

研究機構要求軍方向堤豐負起說明的責任。他們要求本人親口說明軍方為何要讓少女加入，而且布倫希爾德並非龍的女兒。

軍方已經排除萬難才將布倫希爾德升為少尉，所以已經沒有立場再拒絕這個要求。

因此，布倫希爾德少尉的第一份任務就是「向狂熱的宗教團體證明自己並非龍的女兒」，難度甚至高於隨便一項軍事作戰。

少女因為害怕堤豐的偏激態度而退出軍隊，或是以「沒有進行適當的說明」為理由來將布倫希爾德拉下少尉的位子——這就是研究機構準備的劇本。

……這些事情，上校都沒有特地告訴少尉。

距離說明會的日期還有兩個月。這麼長的期間，讓少女持續承受壓力就太可憐了。

「放心吧，布倫希爾德只要說幾句話就可以了。放輕鬆，我們也會事先彩排。」

「我明白了。我也會先了解那個名叫堤豐的團體。」

「不用想得太嚴肅啦，好嗎？」

薩克斯想起少女在住院期間的認真模樣。

明明已經努力研讀資料、費盡脣舌地說明，對方卻是無法溝通的狂熱信徒……到時候，她不知道會受到多大的打擊。

不過，這肯定是最初的一步。薩克斯希望她能克服這個難關。

這一個月來，布倫希爾德偶爾會在閒聊時露出笑容。薩克斯希望她在面對自己以外的人時，也能露出那樣的笑容。

但願布倫希爾德總有一天能像個普通人一樣歡笑——這就是薩克斯深切的願望。

布倫希爾德出院後，活動據點會從醫院轉移到宅邸，也就是齊格菲家的住宅。她出院的日期與時間只有包含本人在內的少數人知道，而這麼做是為了躲避媒體。這招似乎奏效了，布倫希爾德沒有受到記者的追問，靜靜地搭上了接駁車。

齊格菲家的宅邸雖然位於首都正中央，卻附設廣大的薔薇庭園與格鬥訓練場。

在高大的門前，許多傭人列隊歡迎布倫希爾德抵達。

「……啊……」

布倫希爾德露出不知所措的表情，交互看著同行的薩克斯與傭人們。

這一幕很溫馨，讓薩克斯不禁揚起嘴角。

「原本生活在無人島的自己竟然有這麼多傭人，也難怪會驚訝。」

原來她也有這種孩子氣的一面。

「我該怎麼辦才好呢……」

「抬頭挺胸吧。別緊張，這裡就是布倫希爾德的家。」

薩克斯輕輕拍了拍她的背部。布倫希爾德搖搖晃晃地往前走。

「我就送到這裡。接下來，家裡的人會負責接待。」

布倫希爾德回頭面向薩克斯。

「上校，這段時間感謝您的照顧。」

她這麼說，深深低下頭。

她是個好孩子，真的變得很乖巧——薩克斯重新這麼想。

「不好意思，上校。請問我最後還能再問一個問題嗎？」

「嗯，什麼問題？」

「請問您現在還是不能告訴我，西吉貝爾特准將在什麼地方嗎？」

我想為自己初次見面時做出的失禮行為向他道歉——布倫希爾德說。

薩克斯很猶豫。

第一次見面的時候，這孩子也問了同樣的問題。

她說自己想殺了西吉貝爾特，當時薩克斯認為不該告訴她。

不過，如果是現在……情況或許不同。經過一個月，她變得相當溫和。她說想道歉的那番話，聽起來也不像在說謊。

然而——

「他從以前就總是神出鬼沒，對我也不會交代行蹤。」

薩克斯笑著這麼敷衍。

他並不是不相信這孩子。

只不過，自己跟朋友約好，絕對不能對布倫希爾德透露他的行蹤。

（畢竟那傢伙只有我這個朋友……連我都背叛他就太可憐了。）

即使布倫希爾德已經變成好孩子，也不該違背約定。

「這樣啊。」

布倫希爾德的臉上浮現可愛的笑容。

「如果他有聯絡您，希望您能告訴我一聲。」

布倫希爾德行了一禮。

「嗯，一定會聯絡。」

如此說完，薩克斯離開了宅邸。

諾威爾蘭特帝國軍的將校十分怠惰。

因為早上不論幾點起床都無所謂，所以有許多夜貓子。

軍中有不少藝術愛好者，他們會在工作時間畫畫或寫詩。

從民間加入軍隊的人總是早早就起床，遵守嚴格的規範來鍛鍊自己；同一時間的將校卻撫著圓滾滾的肚子，度過享用點心的悠閒時光。

沒有任何人敢說話。

將校都是貴族出身。能批評貴族的，只有王室或大主教，或是同樣身為貴族的人，但他們不會這麼做。因為維持自身的權力與現狀，就是他們的人生目標。

諾威爾蘭特這個國家是靠著西吉貝爾特・齊格菲或約翰・薩克斯這些忠於職務的少數將校，才能持續運作。

齊格菲家的傭人都認為布倫希爾德也會過著同樣閒適的生活，認為她獲得的少尉頭銜只不過是一時的職位。

布倫希爾德・齊格菲就像玻璃一樣。

她的頭髮帶有透明感。肌膚白皙、手掌小巧以及手指纖細，彷彿一碰就會折斷。

任誰也想不到，這副模樣的她竟然會主動進行嚴苛的訓練。

她會在清晨起床，按照自己設下的規範，固執地磨鍊自己的肉體，貪婪地吸收知識，並早早就寢。

她待人和善，處事圓滑。她也很善解人意，一點也不像是在無人島上長大的孩子。她很親近傭人們，但也沒有忘記對他們保持敬意。所以，傭人們也變得想儘量回應布倫希爾德的請求。

然而，他們無法實現她的願望。

布倫希爾德對傭人的請求只有一個。

「能不能告訴我，西吉貝爾特父親大人目前身在什麼地方呢？」

可以的話，傭人也想回答她。不過，他們辦不到。這陣子，身為當家的西吉貝爾特總是不對任何人透露自己的遠征地點。

在一身雪白的容貌之中，只有紅色的眼瞳帶著熱度。

宅邸有幾個具備齊格菲血統的軍人，但沒有人像布倫希爾德這麼勤奮。

除了唯一一個人——西吉貝爾特的兒子西格魯德．齊格菲以外。

單就自我鍛鍊的嚴苛程度，西格魯德更勝布倫希爾德。

因為布倫希爾德晚上總是很早就寢，西格魯德卻連睡覺的時間都拿來鍛鍊。

西格魯德是十七歲的下士。為了得到父親的認可，他從最低階的士兵開始做起，花了三年晉升為下士。

然而，布倫希爾德一下子就當上少尉，而且年僅十六歲。再加上，她還是女兒身。

開什麼玩笑？爸爸為什麼讓這種傢伙比我更……

西格魯德會感到憤怒也很理所當然。

不過即使如此，如果布倫希爾德是個傻子，只將少尉的頭銜當作一時的職位，西格魯德還有辦法接納她。畢竟自己總有一天能超越她，只是不足掛齒的一個人。

可是，布倫希爾德不但勤奮，似乎也有才幹。

「少尉。」

某天，西格魯德向布倫希爾德搭話。私人教官的上午課程結束時，西格魯德特別在教室外等待她走出來。

「西格魯德下士。」

少女晃著白金般的秀髮，看著西格魯德。

「哦，妳還記得區區一名下士的名字啊？真是榮幸之至。」

「對於士官以上的各位，我都記得名字。」

士官。

在這個國家，下士是士官之中最低的階級。也就是說，西格魯德勉強擠進了布倫希爾德認為值得記住的範圍內。對階級低於自己的西格魯德使用敬語的行為也很諷刺。雖然他自己也知道這種心態簡直就是在找碴，但感情不會騙人。

我不喜歡這傢伙。

布倫希爾德的纖細肢體穿著全新的紅色軍服。

「假如少尉有空，能不能陪我進行軍隊格鬥技的訓練呢？」

「軍隊格鬥技？為什麼？」

西格魯德其實想假借格鬥技訓練的名目，把布倫希爾德痛打一頓，不過——

「我聽聞少尉曾在軍營醫院的體能測驗，特別是格鬥技的項目留下非常高分的紀錄。請您務必指導我這個才疏學淺之人。」

西格魯德是否為才疏學淺之人，必須打上一個大大的問號。

他雖然生性強勢且有些粗暴，在同梯的軍人之中，不論在學業還是格鬥方面的成績都是名列前茅。

「我的體術與標準的軍隊格鬥技不太一樣。我不知道是否有幫助，但如果您不嫌棄。」

聽說少尉下午的行程已經滿檔，包含課程與任務之一的說明會準備工作。於是兩人約好傍晚六點在訓練場碰面。

格鬥訓練場天花板是打通的構造，被西斜的陽光照射著。西格魯德站在讓人聯想到競技場的寬敞空間正中央。早在約定的三十分鐘前，他就已經抵達訓練場了。

西格魯德已經換上適合訓練的高機能服裝。他的衣服到處都有被沙塵弄髒的痕跡，汗水沿著尖刺狀的黑髮滴落。

完成熱身了。身體的狀態相當好，心理方面也已經作好萬全的準備。一想到能用鐵拳教訓那張裝模作樣的臉，內心就感到亢奮。自己一定能拿出最好的表現。

布倫希爾德少尉在剛好的時刻現身。

她就跟中午見面時相同，穿著那身全新的軍服。

這一點沒什麼問題。軍服也是高機能性的衣服，所以穿著軍服赴約並不奇怪。可是，她夾在腋下的那本《環保團體堤豐的歷史》到底是什麼玩笑？

啊啊，沒錯。我對這傢伙的一舉一動都非常看不順眼。

（不打倒這傢伙，我就永遠無法得到爸爸的認可。）

西格魯德一語不發地擺出架式。

這就是開始訓練……應該說霸凌新人的信號。

「那麼——」

少尉這麼說的下一個瞬間……

不知為何，西格魯德仰望著天空。

（咦？什麼？）

後腦勺感覺到一陣一陣的痛楚。

（……發生什麼事了？）

布倫希爾德少尉在一旁讀書。紅色的眼睛注意到了西格魯德。

「您剛才失去意識了。」

「……啥？」

她在說什麼？

「我使用了絞首技，按壓您頸部的粗壯血管。這麼做可以阻止氧氣流向腦部，使對手瞬間昏厥。」

…………

所以，那是什麼意思……？

我輸了嗎？

什麼都辦不到，甚至連自己受到什麼對待都不知道——

就被這個女人打敗了嗎？

「開、開什麼玩笑！」

西格魯德立刻起身。

「再一次！再跟我對打一次！剛才只是妳運氣好而已！」

西格魯德被怒氣沖昏頭，所以忘了對長官使用敬語。不過布倫希爾德並不是會介意這種小事的人。

「今天就到此為止吧。」

「嗄？妳想逃嗎？」

「不是的。就寢前進行劇烈運動會影響入睡，造成我的困擾。」

回過神來，原本的紅色晚霞已經變成閃爍的星空了。

「我……到底躺了多久……請問？」

或許是感受到夜晚的寒氣，頭腦漸漸冷靜了下來。

「大約一個小時。目前時間剛過七點，如果您還需要進行格鬥技訓練，請明天同一時間在這裡碰面。」

布倫希爾德闔上書本，離開訓練場。身穿紅色軍服的背影可說是一塵不染。

「……該死的！」

我明天一定要讓那傢伙的軍服沾滿塵土。

這一天，西格魯德狠狠鍛鍊自己的肉體直到夜深人靜，才到床上睡得不省人事。

不過到了隔天，西格魯德還是贏不了。

能在昏倒之前看見布倫希爾德接近到彷彿要親吻自己的距離，或許算是某種進步吧。

下一個瞬間，視野已經切換成星空，時間也往前推進了約一個小時。

布倫希爾德少尉就在一旁悠閒地閱讀一本冊子，標題叫做《歡迎加入堤豐》。那是狂熱的環保團體發行的文宣。

啊啊，對了。聽說這傢伙最近要向堤豐舉辦說明會，她似乎在了解堤豐的閒暇時間，順便陪西格魯德進行訓練。

「如果您還需要訓練，明天再見。」

闔上冊子的聲音，以及身穿乾淨軍服的背影。

例行公事般的景象持續了大約七次。

第八次交手的時候，布倫希爾德開口說：

「今天的訓練是最後一次了。我還有其他該做的事。」

西格魯德無法反駁。

交手了七次……不，或許不該稱之為交手。因為下士連觸碰到少尉都辦不到。

對布倫希爾德來說，對付下士只是浪費時間。

「……我明白了。」

說完，西格魯德擺出架式。

布倫希爾德也擺出架式來回應他。到今天為止，她明明從來沒有做出這種舉動。

「因為是最後一次，我會用標準的軍隊格鬥技來對付您。」

——竟敢小看我。

我要讓妳後悔自願加上軍隊格鬥技這項不利於自己的條件。

西格魯德看見布倫希爾德靠近的模樣。這一天，他確實看見了。

在思考之前，西格魯德便採取行動。他往後退，拉開對手逼近的距離。如果對手發動攻擊，他打算趁機使出一記反擊，但布倫希爾德並沒有那麼輕率。她預料到西格魯德的反擊，同樣向後退。

塵土揚起，弄髒了她的軍靴。

雙方重振旗鼓。

這次由西格魯德主動進攻。

其姿態宛如閃電之箭。

使出電光石火般的衝刺後使出的一擊。這是曾經擊倒教官，西格魯德的拿手絕活。其動作逼近人類體能的極限。

不過，少女以彷彿月光的順暢動作招架住雷光般的一擊。下士的拳頭與少尉的手掌因此交錯。

手套從少女的右手脫落。

兩人再次互相瞪視。

——今天搞不好能贏過她。

西格魯德感覺到自己的體溫上升了。

雙方展開一段互不相讓的攻防。

不斷攻防。

……不斷攻防。

然後，西格魯德察覺到。

……這個女人正在放水。

一開始，他以為是自己不眠不休的努力開花結果了。他以為自己的動作變得更俐落，讓布倫希爾德找不到破綻。

可是，事實並非如此。

布倫希爾德錯過了好幾次明顯可以進攻的時機，讓西格魯德即使不情願也能察覺到。

（……難道因為是最後一次，她才想認真訓練我嗎？）

她正在放水。光是用軍隊格鬥技來對付自己就對她不利了，最後甚至還……

西格魯德覺得一切都無所謂了。

原本的架式失去氣勢與力量。

布倫希爾德急速逼近，用右手抓住他的脖子。

「妳就奪走吧。」

西格魯德自暴自棄地低語，布倫希爾德便停了下來。除了抓住西格魯德的脖子以外，她沒有做出其他動作。

「奪走？奪走什麼？」

「全部。」

西格魯德自嘲地說。

「妳知道我是誰嗎？」

「我只知道您是西格魯德下士。」

「我的名字是西格魯德．齊格菲，是西吉貝爾特．齊格菲的獨生子，也是妳的哥哥。」

布倫希爾德很疑惑。

「獨生子……？既然有兒子，為什麼西吉貝爾特准將還要讓我繼承巴爾蒙克……」

「這表示他對我沒有任何期待。」西格魯德用自暴自棄的不屑語氣說。

他早就隱約察覺了。

從自己以二等兵的身分被編入軍隊時開始。

因為西吉貝爾特沉默寡言，所以他只是還不確定。

以為父親的意思是要他從最基層開始往上爬。

他希望是如此。

可是這份希望被布倫希爾德打碎了。

就因為不知從何處突然現身的她突然當上了少尉。

西格魯德才突然明白，那個人的心裡也有所謂的「特別」，而自己一點也不「特別」。

……嘴裡嘗到一股鹹味。

再怎麼逞強、再怎麼努力，總是自欺欺人地維持至今的自我認同遭到摧毀——

他也不免想哭。

「您為什麼要哭呢？」

布倫希爾德提問。

「還要我說妳才會懂嗎？那我才不說。」

父親的期待、父親的寵愛、父親的特殊待遇、父親的……

這個完美無缺的少女或許無法理解被奪走的事物有多麼珍貴。

不過，布倫希爾德的回答——

「那一點我能明白。」

出乎西格魯德的預料。

「我不懂的是，為何哭泣的不是我，而是你。」

她的口氣變了。

（……這傢伙是誰？）

在宅邸遇見的那個玻璃般的深閨千金已經消失。

西格魯德發現自己所說的話觸怒了少女。

指甲陷進肉裡。

現在的模樣肯定才是這個女人的本性……

「你的父親奪走了我的父親。然後，他施捨了我根本不想要的地位和環境給我。」

——想哭的是我才對。

勒住喉嚨的手更加用力，這不是少女該有的力道。氣管遭到壓迫，發出狼狽的聲音。

「如果我殺了身為兒子的你，那個男人會難過嗎？這麼做可以讓那個男人嘗到我感受過的絕望，還有我現在的黑暗念頭嗎？告訴我……」

原本如石榴石般美麗的紅色眼瞳，現在的色調變得像地獄之火一樣。

「啊……唔……」

在閃爍的意識之中，西格魯德連接字音。

「跟我相比……妳……如果……」

「我？我怎麼了？」

「妳如果死了……那個人……會更難過……」

布倫希爾德的眼睛稍微睜大，熊熊燃燒的火焰在搖曳後消失。

她放鬆力道。

西格魯德一邊咳嗽，一邊掙脫布倫希爾德的右手。

褪去手套的右手被銀白色的鱗片所覆蓋。戰鬥的期間，西格魯德並沒有察覺。

「妳……那隻手……」

布倫希爾德的右手是龍的手這件事，只有一部分的高官才知道。西格魯德原先當然也不知道。

剛才布倫希爾德說出口的話閃過西格魯德的腦海。

她憤恨地說：「你的父親奪走了我的父親。」

難道布倫希爾德口中的父親是——

「我是龍的女兒。」少女說。

西格魯德還以為……她一直都過著輕鬆的生活。不，是想要這麼認為。因為他很討厭布倫希爾德。

「你喜歡你的父親……嗎？」布倫希爾德有些遲疑地問。

如果她在幾分鐘前問出這個問題，西格魯德恐怕不會回答。

不過，現在——

「……喜歡。我很尊敬他，也想變成跟他一樣強的屠龍者。」

「……明明是那種父親。就連那種父親，也有孩子願意愛他嗎？」

西吉貝爾特．齊格菲的加農砲巴爾蒙克葬送了白銀巨龍這件事，西格魯德也知道。所以，即使父親被說成「那種父親」，他也沒有出言袒護。

「我也……喜歡自己的父親。」

她這句話所指的父親是誰，根本連想都不用想。

「我……大概應該向你道歉吧。」

可是，西格魯德怎麼想也不明白布倫希爾德為何要道歉。

「……不過，我不知道該怎麼用言語表達才好。人類的語言真是不方便……」

這麼說完，布倫希爾德離開了訓練場。

就算看著她那身滿是塵土的軍服，西格魯德也一點都不感慨。

不知為何，悔恨、憤怒和嫉妒都已經從他心中消失了。

也許是因為從看似完美的她身上發現了複雜的煩惱。

知道她也跟自己一樣是有感情的生物，讓西格魯德開始抱有不可思議的親切感。

隔天中午，西格魯德想為這幾天持續找麻煩的舉動道歉，於是帶著禮物前往布倫希爾德的房間。

他敲了敲門，便聽見說著「請進」的優雅聲音從門內傳出。

布倫希爾德正要用午餐，所以坐在鋪著白色桌巾的圓桌前。一旁的女僕剛好替她準備好午餐。

「少尉……我想為連日的失禮道歉……」

「您有做什麼需要道歉的事嗎？」

「我……」

……我不擅長應付這個女人的敬語。聽起來就像築起了一道高牆。

聽過昨天的……真正的語氣之後，現在這個語氣就更像拒人於千里之外了。

布倫希爾德對女僕使了一個眼色。女僕察覺她的意圖，行了一禮之後走出房間。

「因為有女僕在，您好像不方便說話……」

「不，我不是那個意思……」

紅色的眼睛凝視著西格魯德，就像要看穿他的內心深處……讓他差點退縮。

「……少尉是我的長官，沒有必要對我使用敬語。」

「這樣啊，你是介意我的語氣吧。」

布倫希爾德馬上切換說話方式。不知道是因為腦袋轉得快，還是因為女性特有的觀察力所致。

「你也不必對我使用敬語。我不是你應該尊敬的對象。」

「我不能這麼……」

「我都已經特別支開別人了。」

高傲的說話方式讓西格魯德有些惱火。不過，這樣總比機械化的敬語更能展現真心。

布倫希爾德來到這棟宅邸明明只過了約兩週的時間，卻已經是一副熟門熟路的樣子了。她就像從出生起就住在這棟宅邸似的，表現得很從容。自己也不能老是畏畏縮縮的。

「那我就恭敬不如從命了。」

西格魯德用不客氣的態度靠近布倫希爾德的桌子。因為少女拉了一張椅子過來，催促他坐下，於是西格魯德便順勢入座。

事情就發生在西格魯德正要將表示歉意的禮物交給布倫希爾德的時候。

「你能不能幫我吃掉這些？」

「咦？」

布倫希爾德用戴著手套的右手指著擺在餐桌上的五道菜。

「這些東西不合我的胃口，我每天都要花心思處理。」

「不合妳的胃口……這些可是我們家族御用的廚師做的菜耶？」

齊格菲家的廚師都是從國內評價極高的餐廳挖角而來的優秀人才。縱使味覺當然因人而異……就算如此，餐桌上的五道菜真的連一道都不合她的胃口嗎？

「我不能理解人類的料理。為什麼要加工？真是多此一舉。」

她用紅色的眼睛鄙視用蘋果與黃桃做成的果凍。

「我在島上都是直接食用果實。」

「既然這樣，妳叫人家直接拿蘋果給妳不就好了？」

「那樣也不行。因為食材本身就很差勁。我曾試吃過一次，味道就像沙子一樣。」

白銀島上生長著馥郁甜美的果實。布倫希爾德吃著那些果實長大，所以吃不慣人類國家的食物。

「可是什麼都不吃的話，妳會餓昏喔。」

「不必擔心。雖然覺得難吃，我還是會補充足以活動身體的熱量。」

……西格魯德已經能稍微理解，為什麼這個女人在父親心目中是「特別」的。因為這種現實主義式的思考模式，跟父親有些相像。

「對了，那是什麼？」

布倫希爾德的視線前方有西格魯德握著的袋子。袋子用可愛的緞帶包裝著。

「啊，沒有啦，這是……」

「根據我的推測，那是向我表達歉意的禮物吧。」

「這個嘛，是沒錯……但這個不能送妳。」

「為什麼？」

「……因為這是食物。」

袋子裡裝著餅乾。

這是西格魯德一早就到很受貴婦歡迎的甜點店，排隊買來的東西。只要他吩咐一聲，當然可以請傭人代為購買，但他為了反省而決定親自排隊。雖然混在一群女性之中讓他感到有些羞恥。

「我會再買別的東西補償妳，所以……」

西格魯德還沒說完，布倫希爾德便從他手中搶走餅乾。她用纖細的手指粗暴地扯開包裝，從裡面拿出一片餅乾。

「原來如此，確實……」

布倫希爾德張開粉色的嘴脣，咬下餅乾的一小角。

她用小巧的下頷反覆咀嚼，然後再咬了一小口。

「……有合妳的口味嗎？」

「不，很難吃。味道真糟糕。這東西是結塊的灰塵嗎？」

雖然嘴上這麼說，她又咬了一口。

「那妳也不用勉強自己吃吧……」

「有些東西可以拒絕，有些則不行。而這屬於後者。我吃下的是你替我買來這份餅乾的心意。」

「……原來妳也會面不改色地說些令人害臊的話啊。」

「因為在伊甸，不論是誰都以真心相待。我不能用在伊甸說話的語氣來說謊。人的國度充滿了謊言，我費了很大的心力才習慣。」

「……妳這個樣子，真的能向堤豐召開說明會嗎？」

「關於堤豐的事，我正在加緊腳步準備，不過，沒問題的。畢竟薩克斯已經教過我該如何說謊了。」

布倫希爾德拿出第二片餅乾。

「妳說……薩克斯教妳……如何說謊……」

「嗯？我說的話有什麼問題嗎？」

「……妳是不是突然變得老實過頭了？」

「我已經決定，要在不欺騙你的情況下達成目的。這可以說是一種原則。」
西格魯德正想問這句話是什麼意思的時候，拿出第三片餅乾的布倫希爾德說：
「你也要負責把我的午餐處理掉。別讓我一個人吃難吃的東西。」
「我倒不覺得難吃就是了……」
西格魯德這麼說著，開始吃起桌上的菜餚。味道非常好。
看著嘴上嫌難吃卻一片接著一片吃著餅乾的少女，西格魯德心想——
這個女人跟父親很像。
不過，他們在根源的地方或許正好相反。

解決午餐之後，西格魯德從座位上站起來，同時說：「祝妳的說明會順利。」
「希望你可以再來幫我處理食物。」
布倫希爾德對正要離開的西格魯德說。
少年只轉頭回應。視線一旦對上，少女便垂下眼睛，用有點退縮的音調補充說：「如果你不願意就算了……」
少年舉起右手代替回答。相對於連日找碴的行為，布倫希爾德的請求實在太簡單了。
接下來的每一天，西格魯德都會去幫她處理餐點。

布倫希爾德的語調既冷淡又高傲。她也缺乏表情。不過，西格魯德替自己吃掉餐點的時候，她會表現出細微但明確的喜悅，嘴角會有點笨拙地上揚。比起對傭人展現的燦爛笑容，西格魯德覺得她這個表情更好看。

布倫希爾德是個表裡不一的女人，但不知為何，她會對西格魯德吐露內心真正的想法。雖然她既高傲又無禮，西格魯德也能相對地表現出真正的自己，所以感到很舒坦。

布倫希爾德是會出現在報紙上的名人，在傭人之間也有很高的人望。她只對自己展現隱藏的一面，讓西格魯德懷抱一股難以言喻的優越感。

幫她處理餐點的事，一開始是為了表達歉意。

現在卻慢慢轉變為快樂的時光。

不知是第幾次的用餐時間，布倫希爾德向西格魯德問：

「我問你，為什麼這棟宅邸的人都不知道主人在什麼地方？」

經她這麼一說，確實如此。最近這陣子，西格魯德的父親就像失蹤了一樣，總是在遠征。他平常明明至少會說自己要前往哪片海域，這次卻連這一點都沒有提到。只不過，就算知道他在哪片海域，也沒有人能追上航行在汪洋中的軍艦，所以告知去向的行為本身沒有什麼意義。因此，直到布倫希爾德提起為止，西格魯德都沒有發現父親這次並未告知自己的遠征地點。

「就連你這個兒子也不知道他在什麼地方嗎？」

「……是啊，我沒聽說。他因為工作的關係，幾乎都不在首都。可是，再過一年應該就會回來了。」

「一年？他平常都離家這麼久嗎？」

「才一年有什麼好驚訝的。久一點的話，他還曾經三年不在家呢。」

布倫希爾德閉上眼睛，用左手抓住自己的右肩。

「那真的很久……」

諾威爾蘭特帝國忙於攻略全世界的伊甸，而關鍵的加農砲巴爾蒙克只有西吉貝爾特能夠使用。比起陸地，准將在海上度過的時間還比較長。

「龍明明不會襲擊人，人卻忙著襲擊龍。你們真應該被龍襲擊一次，這樣你們就能了解龍的恐怖了。」布倫希爾德說起如此嚇人的話。

難道她打算以龍的女兒之名，對尼貝龍根這座城市發起報復性恐怖攻擊嗎？

「要是做出那種事，妳會下地獄。因為除了爸爸以外，還會波及無辜的民眾。」

「我可不想下地獄。」布倫希爾德嘆著氣說。

這傢伙的玩笑不只難懂，還很難笑。

某個假日。

西格魯德邀請布倫希爾德一起去看電影。

「我的跟班送了我兩張票，不用可惜。」

「我拒絕。我會對你坦白真心話，但是我非常討厭尼貝龍根這座城市，根本一點也不想上街。」

「可是，妳或許會喜歡這部電影的內容喔。」西格魯德揚起嘴角說。

布倫希爾德一臉狐疑地說：「為什麼？」

「因為這是一部靈異電影。」西格魯德得意地說。

「電影裡的人會接二連三地被幽靈襲擊。妳之前不是說過嗎？妳說人類應該被襲擊一次看看。」

「啊啊，嗯。」說著，布倫希爾德用手指抵著嘴唇思考。停頓了一陣子之後，她勉為其難地說：「既然這樣，那好吧。」答應了這個邀約。

西格魯德與布倫希爾德一起走在街上。前往電影院的期間，布倫希爾德始終低著頭，就

像想儘量避免讓街上的景色進入自己的視野。

這部電影可以用差強人意來形容。正如事前聽說的內容，幽靈會接二連三地襲擊人類。對看過不少電影的西格魯德來說，甚至有些無聊。

他有點擔心這部電影會不會讓布倫希爾德感到無聊，於是在播放的期間側眼觀察隔壁座位的她。

令人意外的是，布倫希爾德用認真的眼神注視著大螢幕。

所幸，西格魯德的擔心似乎只是杞人憂天。雖然是一部有點無聊的電影，既然布倫希爾德看得很投入，少年便覺得不虛此行了。

走出電影院之後，西格魯德問起布倫希爾德的感想。

「很耐人尋味的故事。」少女說出這種不可愛的感想。

「不是啦，妳難道沒有……別的感想嗎？像是很恐怖，或是看到人類被幹掉的樣子讓妳覺得很舒壓……之類的。」

「那種感想當然也有。」布倫希爾德如此承認，不過表情一點也不像是個害怕幽靈的女孩子。

「這部電影讓我思考很多。」她這麼說的聲音儼然就是個哲學家。

「妳根本一點也不怕嘛。」西格魯德嘆息著這麼說。

不過，布倫希爾德並沒有說謊。

看完電影的當天晚上。

結束每天的例行鍛鍊，正要返回房間的西格魯德經過齊格菲家的薔薇庭園。

就在此時發現了布倫希爾德的身影。

庭園中有許多盛開的紅色花朵，一名少女坐在中央的噴水池邊緣。她那原本呈現銀白色的長髮在月光的洗滌之下，染上了偏藍的色澤。

或許是色調的關係，少女這副模樣在西格魯德的眼裡顯得很寂寞。

西格魯德走向布倫希爾德。少女似乎正陷入沉思，即使少年站在一旁，她也沒有察覺。

「妳在做什麼？」

西格魯德出聲搭話，布倫希爾德才終於抬起頭來。

「什……啊……不……」

布倫希爾德似乎完全亂了方寸，頓時語塞。真是出乎意料的反應。西格魯德所認識的布倫希爾德是個毫無破綻的女人。她竟然如此慌亂，顯得形跡可疑。

西格魯德發覺氣氛即將陷入令人尷尬的沉默。所以，西格魯德代替語塞的布倫希爾德繼續說：

「妳平常明明都很早睡，妳知道現在已經要跨日了嗎？」

「……跨日？……這樣啊，已經這麼晚了。」

稍微停頓了一下子，布倫希爾德才繼續說：

「我很害怕，所以睡不著。」

「害怕？害怕什麼？」

能夠秒殺西格魯德的這個女人，究竟有什麼好怕的？

「我是指跟你在白天看過的電影。」

電影——那部靈異電影嗎？

「那部騙小孩的電影哪裡可怕了？我覺得跟幽靈比起來，妳還比較強呢。」

西格魯德用開玩笑的語氣說，少女的陰暗表情卻仍然沒有改變。

「那部電影讓我開始思考關於死亡的事。」

西格魯德靜靜等著她繼續說下去。

「在那部電影中，死者化為幽靈，徘徊於人世間……那是真的嗎？我死去的時候，會有那麼快樂的未來在等著我嗎？我是不是注定會有更悲慘的下場呢？」

——一想到這裡，我就害怕得不得了。

布倫希爾德垂下眼睛。看來她是真的感到害怕。

「……看完那部電影，沒有人會思考這種事啦。」

說著，西格魯德在布倫希爾德身旁坐下。

薔薇庭園裡充滿甜膩的氣味。不過，其中也混合了一股好聞的香氣。空氣中微微飄著某種自然的氣味，來自於吃著伊甸果實長大的布倫希爾德。

「我聽說薔薇的香氣具有安眠效果，但對我似乎沒用。就跟果實一樣，連花朵也遠不及伊甸。這股惡臭讓我想吐。」

「是喔。」西格魯德只是這麼回答。

後來，兩人沉默了一陣子。西格魯德沒有繼續向布倫希爾德搭話，只是待在她的身邊。

所以，布倫希爾德主動開口問：

「你不回房間睡覺嗎？」

「那可不行。」

「為什麼？」布倫希爾德有點疑惑。

「因為妳不是害怕得睡不著嗎？老實說，我沒辦法理解妳到底在怕什麼，但妳現在睡不著是我的錯吧？」

因為他沒有多想，就邀請布倫希爾德去看了靈異電影。

比起孤零零地待在庭園，就算身邊只有像自己這樣的傢伙在，應該也能舒緩她感受到的恐懼吧——西格魯德這麼想。

「你打算在這裡待到天亮嗎？」

「我也有可能暫時去上廁所就是了。」

「……你真蠢。」

雖然不明顯，但布倫希爾德笑了，笨拙地揚起嘴角。這個表情很生動，與她在傭人面前露出的客套笑容不同。

西格魯德發現，自己好像不討厭這種笑容。

布倫希爾德站了起來。

「謝謝你，我覺得好多了。現在我或許睡得著。」

「真的嗎？」西格魯德仰望著布倫希爾德問道。

「如果你擔心的話，就算來我的房間也沒關係。假如你跟我一起睡覺，肯定能緩和不安的情緒。」

「啥……」

這次輪到西格魯德不知所措了。少年紅著一張臉，迅速站起來。

「妳這笨蛋……！不要輕易對男人說出這種話！就算我們是兄妹……」

「為什麼？」布倫希爾德這麼反問的表情中帶著小惡魔式的笑意，少年卻慌張得沒能注意到。

「那麼說的意思是……妳在無人島上長大，所以可能不清楚……但男女一起睡覺……就表示……那個……」

看著西格魯德結結巴巴的模樣，布倫希爾德終於忍不住大笑。她按著腹部，眼角甚至滲出淚水。

「受不了，你這個哥哥捉弄起來還真有成就感。」

聽到這句話，西格魯德才終於理解。

「妳這個……！妳是明知故犯吧？」

「那還用說。說得更精確一點，我連你會結巴的反應都預料到了。」

西格魯德萌生揍她一頓的念頭。

不過，終究還是作罷。

比起剛才那副寂寞的樣子，她大笑的模樣看起來好多了。

「跟你在一起很快樂。」少女說。

「這樣啊。」這麼回話的少年也不否認。

「所以，我希望你別跟我走得太近。」

少年不明白這句話的意思。

「……我礙到妳了嗎？」

「完全沒有那回事。考量到我的立場和目的，我應該歡迎你。」

「既然這樣，那不就好了嗎？」

「是啊，不過……」

陰暗的烏雲遮住了月光。布倫希爾德暫時陷入沉思，然後開口說：

「我不知道未來會發生什麼事——」少女先是這麼說，然後又說：

「但我一定會深深傷害你。」

現場再次被沉默籠罩。

布倫希爾德看似在等待西格魯德反問：「那是什麼意思？」「妳想做什麼？」

然而，西格魯德沒有這麼問。他雖然想問，卻沒有問出口。

理由很簡單。

因為那肯定不是什麼開心的話題。

因為原本獨自待在薔薇庭園的少女正要回房。

——如果我發問了，這傢伙又會再次失眠。

這份擔憂使得西格魯德緊閉雙脣。

兩人沉默了好長一段時間，最後布倫希爾德就像放棄似的轉身背對西格魯德。嬌小的背影看起來隱約有些憂鬱。

留在庭園的西格魯德仰望夜空。

到頭來，他還是沒能讓少女帶著笑容返回房間。

嘆息逐漸融化在夜晚的空氣裡。

向堤豐召開說明會的日子終於來臨。

會場是位於首都的公民活動中心，在名人演講時會使用的寬敞講堂中舉辦。講臺前有許多椅子呈階梯狀排列。

現場階級最高的人是布倫希爾德少尉。薩克斯上校原本也預計前往現場，不過布倫希爾德說：

「我畢竟是少尉，不能總是依賴上校的照顧。」

所以薩克斯只好放手。

寬敞的講堂漸漸坐滿了人。

最後共計有約三百人的堤豐成員聚集到現場。

其中也有以布倫希爾德為目標的新聞記者想入場，卻在布倫希爾德的指示之下被排除在外。她說這麼做的目的是儘量減少對堤豐成員的刺激。

聚集在會場的成員安靜得出奇。堤豐雖然對外自稱是環保團體，實則是個激進的宗教團體。負責護衛年幼少尉的軍人們都認為這是暴風雨前的寧靜，於是感到不安。

布倫希爾德明明還沒有上臺，講堂內卻已經瀰漫對她的敵意與惡意。

堤豐的成員將布倫希爾德．齊格菲視為「褻瀆式的存在」。

屠龍貴族——齊格菲家對崇拜龍的堤豐來說是頭號敵人，而其血親竟然還自稱龍的孩子，這簡直是十惡不赦的罪過。

今天的說明會主題是「說明布倫希爾德．齊格菲並非龍的女兒」。

不過堤豐方面打從一開始就根本不願意把話聽進去。

堤豐出席這場說明會的目的非常簡單，那就是澈底擊潰自稱龍之子的小丫頭，讓她再也不敢出來拋頭露面。

他們也有可能引發暴動，所以軍人們都非常緊張。

在劍拔弩張的氣氛之中，說明會開始的時間到了。

身穿軍服的布倫希爾德・齊格菲少尉登上講臺。

堤豐的成員仍然很安靜。不過，只要布倫希爾德說出任何一句話，不論內容對堤豐多麼友善，他們都會發動強詞奪理的總攻擊。

「…………」

少女少尉保持沉默。

負責護衛的軍人們認為，這也不能怪她。布倫希爾德應該也明白，自己正暴露在群眾的惡意之中。她的外表雖然像個大人，內心卻是十六歲的孩子。軍人之中的一半正竊笑著心想「活該」，另一半則開始同情她。

就在這個時候——

瀰漫整個會場的惡意開始緩和。

布倫希爾德開口說：

「今天非常感謝各位抽空前來參加，本次說明會即將開始。我是諾威爾蘭特陸軍少尉，名叫布倫希爾德・齊格菲。那麼，首先請讓我進行簡略的說明……」

布倫希爾德・齊格菲的說明非常完美。正如事前的幾次彩排，一切都很順利。

不久之後，堤豐方面共同抱有的惡意消失了。

說明結束時，現場的氣氛有六成是對布倫希爾德抱持好感，有三成是對她感到疑惑。而就連這份疑惑，也不包含敵意。剩下的一成甚至淚如雨下、鼓掌喝采，或是闔起雙手做出祈禱般的姿勢。

雖然這是最好的結果，同時也是不可能發生的情況。

這場說明會根本不可能完美落幕。

即使布倫希爾德如彩排般完成說明，堤豐也絕對不可能對此滿意。他們的目的是攻擊布倫希爾德，根本不可能對布倫希爾德獻上掌聲。

但事實上，說明會在少部分人陷入狂熱的平和氣氛之下結束了。負責護衛的軍人們都感到疑惑，卻也認為布倫希爾德的說明確實很恰當，於是只好就地解散。

順利結束說明會的當天晚上。

事情就發生在銳利的新月閃閃發光的深夜。

有三十二頭黑龍與十頭白龍，總計四十二頭龍突然襲擊尼貝龍根這座城市。

雖然諾威爾蘭特帝國以屠龍聞名，這裡又是其首都，卻沒有準備好承受龍的襲擊。不，世界上沒有任何國家會為龍的襲擊作好準備。因為龍終究是伊甸的守護者，除非伊甸遇襲，否則不會攻擊人類。

龍成群結隊攻擊人類的行為，是有史以來頭一遭。

來襲的龍體型大約是一頭五公尺到八公尺左右。雖然在分類上屬於中型，其利爪卻能削鐵如泥，巨顎則能輕易地咬碎人頭。憑手槍根本無法打穿堅硬的鱗片。

人們仰賴的西吉貝爾特准將並不在首都，他與加農砲巴爾蒙克都正在遠征的路上。

城市陷入嚴重的混亂。

人們在龍的襲擊之下到處逃竄時，有一名少年勇於面對龍。他就是西格魯德。

警察組織根本無力阻止龍的入侵，於是陸軍接到了出動的要求。然而，出乎意料的事態讓陸軍遲於應對，浪費了不少時間才下令派出部隊。認為乖乖等待命令就無法保護民眾的西格魯德決定單獨擊退龍。

可是，成果並不理想。

在紅磚砌成的拱橋上，西格魯德正與一頭黑龍對峙。為了讓差點遭到黑龍襲擊的親子逃走，他自願成為誘餌。

西格魯德手上的劍已從正中央折斷。他本身也受傷了，從額頭上流下的血遮蔽了右眼。

他只能一味地防守，怎麼也無法打倒敵人。原因並非西格魯德很弱，而是龍與人類之間原本就存在如此巨大的力量差距。西格魯德懂得使用槍械，所以一開始用機關槍應戰，然而即使耗盡所有子彈，他還是連一頭龍都殺不死。

他所對付的黑龍飛了起來，揮舞爪子。

西格魯德用斷裂的劍嘗試防禦。可是敵人的力氣太大，使得劍旋轉著飛離了西格魯德的手。沒能完全抵擋的爪子撕裂了右腳的肉。

「——唔！」

西格魯德當場跪下。他已經無法逃跑，也無力防禦了。

「該死的……」

黑龍的無神雙眼瞪著西格魯德。然後，黑龍再次接近他。

西格魯德知道自己必死無疑。他不是被龍爪切成兩半，就是被龍顎咬碎身體。

然而，事情沒有演變成那樣。

一個銀白色的影子以迅雷不及掩耳的速度介入西格魯德與龍之間。

黑龍的動作因此停止。

靜止之後，黑龍只有頭部動了動。其頭部往下方滑落，龍的脖子被斬斷了。當首級掉落到路上，沒有頭的身體便接著倒下，發出響亮的聲音。

「你沒事吧！」

這個聲音雖然急迫，聽起來卻很耳熟。這時，西格魯德總算察覺銀白色影子的真面目。

「布倫希爾德……？」

眼前是帶著傳統式屠龍彎刀的布倫希爾德。

布倫希爾德飛奔到困惑的西格魯德身邊。「你為什麼不等待出動命令！」她生氣地這麼說，同時觸碰西格魯德的臉與身體，確認西格魯德的傷勢。

「雖然傷口不淺……看來沒有生命危險。」

布倫希爾德露出安心的表情，然後從西格魯德身邊退開。

「你乖乖待在這裡。」

「如果我會乖乖聽妳的話，當初就不會不等命令就上街了……」

西格魯德試圖站起來，卻因為右腳的傷而差點跌倒。布倫希爾德撐住了他。

「不行，你傷得太重了。」

布倫希爾德以半強迫的方式讓西格魯德坐下。

「要是再亂動，肌腱可能會受到不可挽回的傷害。」

雖然不甘心，布倫希爾德說得對，自己已經無力再戰鬥了。可是，即使無法戰鬥，還是有能做的事。

「我知道自己沒辦法戰鬥了。我會撤退，免得再被龍襲擊。」

若是不這麼做，下次毫無疑問會死。

「不，你待在這座橋上吧。你隨便亂跑才會給我添麻煩。」

不知為何，布倫希爾德要求他留在原地。

「妳在說什麼啊？這裡可是橋的正中央耶。要是被龍襲擊就無處可逃了……」

「沒問題，我絕對不會讓龍靠近。」

這句話讓西格魯德閉上了嘴巴。因為少女的話裡沒有任何動搖。這傢伙一定有辦法能讓龍不靠近橋吧。她所說的話強而有力，足以讓人如此相信。

「……知道了，我會待在這裡。」

他的聲音混雜著放棄。

（不只是格鬥訓練的時候，連實戰也是這樣啊……）

自己在任何方面都比不上布倫希爾德。

若說自己不悔恨，那就是謊言了。可是，他不得不承認，布倫希爾德才配得上屠龍者的稱號。

所以——

「保護……」

少年決定將自己的夢想託付給少女。

「保護城市，保護民眾吧。」

這番話實在太窩囊，使得西格魯德差點泛淚，卻又勉強忍住了淚水。

聽到西格魯德所說的話，布倫希爾德陷入短暫的沉默。停頓了一下子之後，她開口說：

「我是齊格菲家的女兒，也是少尉。」

彎刀在路燈的照耀之下閃著紅色的光芒。

「我身為少尉，會善盡自己的職責。」

聽到她這麼說，西格魯德就安心了。他認為布倫希爾德會繼承自己的願望。

西格魯德安分地目送布倫希爾德跑走的背影。

單就結果而言，人類成功擊退了龍。

但過程中造成了五十四名死者，以及約三百名的傷患。而且，成功殺死的只有四十二頭龍中的三十二頭黑龍，十頭白龍則全都逃逸無蹤。

不過在損害方面，這已經算相當低了。

因為布倫希爾德少尉浴血奮戰，殺死了許多黑龍。

由於軍方的應對太過緩慢，她的活躍顯得十分亮眼。

與黑龍相對的銀髮在人們的眼中，簡直如同正義與慈愛的象徵。被她救了一命的人都不是稱她為少尉，而是稱她為屠龍者。

布倫希爾德高舉屠龍彎刀、斬殺邪龍的身影深深烙印在民眾的眼裡。

而且，民眾也看到她被好幾頭龍包圍並蹂躪的模樣。

人們都說，白龍比黑龍更強。

人們都說，屠龍者獨自戰鬥，最後終於筋疲力盡。

屠龍少女再怎麼強，終究寡不敵眾。

有人說自己看到斷裂的彎刀飛越空中，鮮血從少女體內噴出的模樣。白龍甚至開始啄食倒地的少女背部與腹部的肉。

民眾以為自己的命運就到此為止了。

可是，這時候陸軍的主力部隊趕到現場。軍方總算下達出動命令，在主力部隊的協助之下，現場的民眾逃過了一劫。

龍被驅散之後，一塊骯髒破布般的東西留在原地。

那是被啃得血肉模糊，正用無法聚焦的眼睛注視著天空的布倫希爾德。

被抬走的紅色軍服上覆蓋著另一層紅色。

這就是短短幾分鐘前被譽為屠龍者的少女最後的下場。

雖然還有微弱的呼吸，不管怎麼看都已經回天乏術。

新聞爭相報導關於這名少女的事。

布倫希爾德原本就是名人。年輕貌美的軍官本來就話題性十足，如果再加上悲劇英雄的色彩，那就更加引人注目了。

新聞有許多加油添醋的內容。有些報導宣稱來襲的龍多達上百隻，甚至聳動地將布倫希爾德少尉的活躍比喻為初代齊格菲傳說。如果所有的報導都正確，就表示布倫希爾德少尉至少同時存在於三個地方，而且如戰神般奮戰過後，以各式各樣的壯烈死法結束這一生。

事實究竟如何已經不可考，而且也沒人感興趣。

剩下的只有悲劇之屠龍者布倫希爾德的傳說，以及對軍方慢半拍的強烈譴責。

實際上，布倫希爾德並沒有死。

報導她已死的新聞雖然與事實不符，卻也無可厚非。畢竟布倫希爾德受了以普通人類而言絕對不可能存活的重傷。因為在伊甸成長的肉體遠比人類更強韌，她才能保住一命。

被送進軍營醫院的她毫無疑問是命在旦夕。

她的情況始終非常不穩定。除了醫護人員以外，沒有人能與布倫希爾德見面。

最初獲得會面許可的，是襲擊一週後來訪的薩克斯上校。時間非常有限。

薩克斯踏入病房的時候，布倫希爾德是連活動身體都有困難的狀態。或許是睡著了，她正閉著眼睛。身體到處都纏著繃帶，手臂上還插著點滴的針頭，就連稍微露出的皮膚也呈現暗沉的紅腫。

「……布倫希爾德。」

薩克斯並不是要呼喚她，只是因為看到這副令人痛心的模樣而不禁喊出她的名字。

然而，少女甦醒了。

布倫希爾德微微睜開眼睛，緩緩轉動眼球看著薩克斯。

「上……校……」

「別說話。我今天只是來看看而已。」

薩克斯儘量用溫和的語氣安撫少女。可是，他的內心相當擔心，不想讓少女消耗多餘的體力。

「不用顧慮我，我馬上就會離開。」

「怎麼……這樣……上……校，請等……一下。」

少女的眼睛泛起淚光。她的聲音正在顫抖，似乎不只是因為受傷的關係。

「我……沒有派上……用場嗎……？我只是個……有名無實的……少尉嗎？」

薩克斯覺得自己的後腦勺彷彿被鈍器狠狠敲了一下。

「我……不想只當個裝飾品……」

啊啊，原來如此。

薩克斯知道她曾經浴血奮戰。

也知道她奮不顧身的努力之後，現在成了這種狀態。

薩克斯原本不明白她為何要戰鬥到這個地步。

……難道是自己推了她一把嗎？

現在回想起來，對堤豐召開說明會之前，她也曾經說過：

『我畢竟是少尉，不能總是依賴上校的照顧。』

我畢竟是少尉。

如果真是如此，自己究竟做了多麼殘忍的事？

薩克斯已經活了四十年，知道一句無心的話有時候會深深傷害他人。

明知如此，自己卻對這個孩子犯下了這樣的錯嗎？

就因為她的外表很成熟，而且比同齡的孩子更懂事。

自己明明很清楚。

她只是個女孩子。

十六歲的……

「才不是裝飾品。」

如果可以，薩克斯很想緊緊握住她的手。

「布倫希爾德救了許多人的性命，做得很好。別說少尉了，所做的事情非常偉大，已經超越了階級的範疇。」

「上……校……」

少女的眼角流出一道眼淚，沿著臉頰滑落。

「上校……薩克斯上校……」

我當時好害怕——少女如此吐露。

「被龍包圍的時候……我以為自己……真的要死了。然後……我的胸口……覺得好難受……為什麼呢……」

我想見父親大人。

「我心裡冒出這個念頭……」

薩克斯感到胸口一緊。

（……啊啊，西吉貝爾特。）

你果然判斷錯誤了。

都已經是個老大不小的人了，眼淚卻不由自主地湧出。可是，自己絕對不能在少女面前哭泣，於是薩克斯勉強忍住。

應該待在這孩子身邊的人不是我，而是你。

「……我一定會想辦法。」

維護國家利益固然很重要。可是，女兒都變成這種狀態了，第一個來看她的人竟然是我，這實在太奇怪了。

護理師走進病房，向薩克斯搭話。十分鐘的時間限制快要到了。

「布倫希爾德，我……該走了。要好好休息……」

「不要……」

少女的雙眼潰堤般溢出大顆淚珠。

「不要走……不要……走。我不要……我不要一個人……」

因為布倫希爾德試圖活動身體，護理師趕緊奔向床邊按住她。

薩克斯壓抑心中的苦楚走出病房。

心中抱著一定要讓西吉貝爾特回到這孩子身邊的堅定決心。

在那之後，時間又過了一週。

親友終於獲准探望住院的布倫希爾德。她已經從臥病在床的狀態中，恢復到可以靠自己的力量勉強坐起身的程度了。

西格魯德帶著小小的探病禮物，前往她的病房。

他敲了敲門，裡頭傳出嬌嫩的聲音說：「請進。」

這間病房是個人病房。布倫希爾德露出風中殘燭般的虛弱表情躺在床上，纏在臉與手臂上的繃帶令人痛心。

可是，布倫希爾德一看到西格魯德──

「什麼嘛，是你啊。」

便這麼說，輕鬆地坐起身。

「……妳還真有精神。」

西格魯德抱怨似的說。他在床邊的椅子上坐下。

「每家報社都寫得太誇大了，連我都沒想到事情會演變成這樣……對了，最近應該是《飛翼報》最賣座，那簡直是暢銷小說。文中描述我單手拿著傳說中的巨劍巴爾蒙克，單獨面對數量破千的龍群，最後被碎屍萬段而死。」

你想看就去翻翻書架吧──她笑著這麼說。雖然西格魯德知道這是她的幽默，卻一點也笑不出來。

如果她不是傷患，西格魯德早就揪住她的衣領了。

「……我很擔心妳。」

他擠出這句話。聞言，布倫希爾德顯得有些驚訝。

「我在伊甸長大，身體比常人還要強壯。就算是普通人類的致命傷，我也能勉強活命。難不成你信了那些八卦報導？」

「問題不在身體是否強壯吧？」

從襲擊的那晚以來，西格魯德一直都很後悔。

他想起兩人在橋上的對話。

西格魯德把自己「保護城市，保護民眾」的願望託付給布倫希爾德。因為救了自己的布倫希爾德實在太過強大，而且當時還不確定敵人的總數，所以西格魯德作夢也沒想到她會輸給龍。

西格魯德對膚淺至極的自己感到厭煩。如果自己沒有拜託她「保護城市」，布倫希爾德或許就不會受到瀕死的重傷了。

「幸好妳平安，真的……」

布倫希爾德暫時凝視著西格魯德，用愣住的表情說：

「你真的在擔心嗎……？擔心我……」

「不要讓我說好幾次。」

少女垂下眼睛，用微弱的聲音說：

「那我真的……很抱歉……」

「我其實……也不是在生氣啦。」

就像要緩解尷尬的氣氛，西格魯德拋出小小的探病禮物。禮物輕輕地落在布倫希爾德的病床上。

「這是什麼？」

「這是一種口糧。雖然還在試作階段，不過這是軍用攜帶口糧的最新版。妳不是說過，不管吃什麼都覺得很難吃嗎？既然如此，我覺得乾脆忽視味道，只注重營養攝取的食物或許很適合妳。」

「哦！這個想法很不錯。」

布倫希爾德的雙眼閃閃發亮，聲音也很雀躍。她用纏著繃帶的手打開包裝，裡面裝著富含營養的三根棒狀口糧。

「只吃三根就能補充一餐份的營養嗎？」

「不，三根就能撐一天。」

「真是太棒了！」

西格魯德第一次看到布倫希爾德這麼高興的樣子。

「你這個男人還真懂女人心。」

「會為這種東西高興的女人，世界上也只有妳啦……」

不過，既然她這麼喜歡，西格魯德也願意為她多準備一點。

每天吃飯都吃得這麼不甘願，真希望她能考慮一下在一旁看著的我是什麼心情。

「不過，若要論沒有味道這一點，這東西倒是比較優秀。」

布倫希爾德的視線前方是營養點滴。

西格魯德說平常如果老是吊點滴，行動起來會很不方便，她就微微笑著贊同了。

「所以……軍方怎麼樣了？軍醫擔心會影響我的身體狀況，就是不透露情報給我。從這幾天開始，他們才允許我看報紙。」

「聽說軍方會破例讓妳晉升兩個階級。」

「哎呀，沒想到連軍方也相信八卦報導。」布倫希爾德揚起嘴角這麼說。

不過，西格魯德用低沉的音調繼續說：

「這個嘛，因為晉升的事只是傳聞，妳聽聽就好。可是妳在國民之間變得非常受歡迎，所以我想應該至少能拿到勳章。如果妳轉職當政治人物，大概能在選舉中獲勝吧。」

而且妳的外表也不錯——西格魯德雖然這麼想，卻很不服氣，所以沒有說出口。

「這樣啊……政治人物……原來如此……」

布倫希爾德用手抵著嘴邊，暫時沉思了一陣子。

「我會參考的。不過，我想問的不是這個。這次經歷龍的襲擊，人們已經發現尼貝龍根

這座城市有多麼脆弱了吧？你有沒有聽說高層打算怎麼處理？」

「……有啊。」

西格魯德的階級是偏低的下士。不過，他另外還有齊格菲家這個管道，只要他有心，也能取得高層的情報。

「我確實聽說了沒錯，但是……」

西格魯德欲言又止。

布倫希爾德皺起眉頭。

「但是怎麼樣？我認為西吉貝爾特准將有必要常駐在首都，或者……」

……實際上，這個議題確實浮上了檯面。

國民強烈希望身為屠龍者的西吉貝爾特准將能夠常駐在首都。發生了布倫希爾德的悲劇之後，現在的人們想要象徵性的心靈支柱。與西吉貝爾特准將很親近的薩克斯上校為了說服他，已經前往遠征地點。准將似乎一口拒絕了，但不知為何，這次上校非常鍥而不捨地與他交涉。

（可是，為什麼她會在意這種事？）

……有個非常簡單的答案。

這傢伙想報殺父之仇。

（…………）

西格魯德緊閉雙眼。

——我問妳，妳打算殺了爸爸嗎？

只要自己問出口，她應該會回答。

因為這傢伙不知為何，只會對我說實話。

但是，西格魯德害怕發問。

如果她用機械化的聲音回答「沒錯」呢？

我該怎麼辦才好？

西格魯德很尊敬父親，不希望父親死去。

可是，他也能理解親手養大自己的父親被殺死的布倫希爾德是什麼心情。

雖然心裡抱著不希望父親死去的受害者式思考……

布倫希爾德反而才是受害者。

她原本在島上過著和平的生活，卻突然遭到人類襲擊。而且理由還是搶奪資源，她當然不可能原諒。

各式各樣的思緒在西格魯德的腦中交錯，但他實際上並沒有煩惱那麼長的時間。他頂多只停頓了五秒，布倫希爾德卻像是看不下去似的開口說：

「你這麼善良，對我來說是最大的誤判。」
西格魯德假裝沒有聽見，也沒有詢問其中的意義。
到頭來，他連布倫希爾德是否想殺死父親也沒有問出口。
西格魯德就像要逃避，問了別的問題。
「……妳為什麼只對我說真心話？」
但這個問題——
「為了贖罪。」
就跟他想逃避的問題是完全相同的意思。
「我會殺了你的父親。」
西格魯德無言以對。
「你有權力阻止我。」
布倫希爾德開始單獨對西格魯德傾訴。
傾訴她當晚……不，她當天做了什麼。

第三章

『我來自伊甸。』

這是舉辦說明會的時候，站在臺上的布倫希爾德真正對堤豐說的第一句話。

只不過，她用的不是諾威爾蘭特的官方語言。

而是真聲語言。

真聲語言是優於所有溝通方式的手段。不需要動口，也不需要發聲，就能對任何生物傳達自己想傳達的意思。

換句話說，真聲語言也能限定想溝通的目標，用來私下向對方喊話。

出乎意料的事態讓會場內的堤豐成員都不知所措、面面相覷，但布倫希爾德仍然繼續說下去。

『報導稱我為龍的女兒，這是事實。見到我使用真聲語言向各位喊話的行為，各位應該就能明白了。』

社會上鮮少有人知道真聲語言的存在。不過，在崇拜龍的堤豐之中，這可以說是基本常

識。雖然他們將其誤認為「龍的語言」而非「萬能的語言」，但這並不是什麼大問題。布倫希爾德現在自稱為龍的女兒，他們的錯誤認知反而能帶來好處。布倫希爾德早在事前就澈底調查過堤豐，所以也掌握了他們的錯誤認知。

『軍方的人聽不見我所說的話，只有各位虔誠的信徒聽得見。而且不是傳進耳朵，而是傳進心裡。如果各位懷疑，大可摀住耳朵。即使如此，各位仍然聽得見我所說的話。』

『從現在開始，除了真聲語言之外，我也會用自己的嘴巴說話。』

幾個人聞言便試著摀住耳朵。但是，布倫希爾德所說的話還是會繼續傳進心裡。

她用手指抵著形狀漂亮的嘴脣。

『但那是為了騙過愚蠢軍人的眼睛，不，是為了騙過他們的耳朵所說的謊言。我的真意只告訴各位。用真聲語言訴說的話才是我真正想說的話。』

布倫希爾德的嘴巴開始動了起來說：「今天非常感謝各位抽空……」

『我了解各位所提倡的理念。各位敬拜龍，相信死後能夠前往永年王國，獲得靈魂的安寧……這是非常正確的想法。我是注定能夠永遠居住在永年王國的人，希望能引導各位前往永年王國。』

原本充滿會場的邪惡敵意逐漸散去，同時也有更強烈的困惑如漣漪般擴散。

『永年王國沒有爭鬥，也沒有種族或性別所造成的歧視。關於該國度的事，各位應該也很清楚，所以我不再贅述。龍是存在於永年王國的神之使者，肩負將行善之人的靈魂引導至該國度的使命。可是……神非常憤怒。因為人類只追求人世間的快樂，開始屠殺龍。』

布倫希爾德擺出憂鬱的表情繼續說：

『神正煩惱是否該拋棄人類。那樣一來，虔誠且老實的各位將永遠無法前往永年王國。現在，各位能夠聽見我的真聲語言卻無法訴說，就代表神即將捨棄人類。』

一部分的狂熱信徒用誇張的動作摀住臉。

『我以審判者的身分被派來這裡，我的職責是觀察人類是否有資格被召喚到永年王國。各位若想得到前往該國度的資格，首先必須洗刷屠龍的罪名。具體的方法就是獻上可恨的屠龍者首級作為貢品。』

——應取其首級之人的名字是西吉貝爾特．齊格菲。

『西吉貝爾特是我的父親。若要說我對弒父的行為沒有猶豫，那將會是謊言。不過，如果光憑父親的首級就能洗刷我的家族累積起來的罪過……我願大義滅親。即使這個國家因為失去屠龍者而遭到他國侵略、使人民死去，只要心存善念，靈魂也能在死後獲得救贖。人生中的短暫幸福，以及天堂的永恆喜樂，究竟何者比較有價值，根本無須思考。』

少女的紅色雙眼注視著信徒們。

『各位想必很困惑。有人無法理解現在的狀況，也有人無法信任我，這些都是很正常的反應。即使如此，也請各位相信我。今晚，請各位前往看得見月亮的山丘——卡農。在那裡，我就能向各位展示自己身為龍之女的證據了。』

這就是在公開場合暗中進行的演講大綱。

卡農是諾威爾蘭特帝國北部的龍之信仰聖地。

接近荒野的土黃色山丘上長著零星的低矮樹木。祭祀龍的神殿雖不華美，卻刻劃著深深的歷史。

不過，現在神殿中除了布倫希爾德以外，一個人也沒有。布倫希爾德以少尉之名禁止他人進入。一介少尉本來當然沒有權限下達這種命令，但民眾根本不知道少尉的權力範圍。因為持有正式身分證的高階軍人如此命令，民眾都會乖乖聽話。

布倫希爾德在傍晚就已經抵達大聖堂。

天花板上描繪著宗教畫，畫中有龍正引領許多人類前往天堂。飛升的龍位於構圖的最上方，而人類飄浮在半空中，被往上帶起。畫中越偏下方的部分，色調就越黯淡。最下方是被黑色火焰包圍的人類正在痛苦掙扎的模樣。

引導人的龍有著一身白色的鱗片。

這幅畫的標題是〈聖路西法龍的威嚴〉，是中世紀藝術家的作品。

布倫希爾德覺得這幅畫可以派上用場。

心中一浮現這個想法，她便感到一陣心痛，陷入自我厭惡。

摯愛的聲音在她的心裡復甦。

『吃過智慧果實以後，妳應該能比誰都更敏感地察覺到人心的細微變化。但是，妳不能因此就去欺騙他人。神會看著妳。』

太陽下山以後，陸陸續續開始有人走進大聖堂。

他們是堤豐的信徒。幾個性急的人要求她快點出示證據——布倫希爾德是龍之女的證據——但布倫希爾德用真聲語言制止了他們。

因為布倫希爾德希望能儘量多召集一些堤豐的信徒，因此即使過了時限，她仍然暫時沒有行動。

約定的時間已經過了約十五分鐘。聚集到現場的信徒總共是四十二人，布倫希爾德覺得人數不會再增加了，於是開始發言：

『首先，我要感謝各位願意信任我而來到這裡。我相信各位是真正的同胞。』

來到大聖堂的人並非全都信任布倫希爾德。

雖然確實有人聽過白天的說明之後，相信布倫希爾德是龍的女兒而來到神殿，但人數並不多。半信半疑的人占五成，其餘的人就跟白天一樣是來看笑話的，或是以攻擊布倫希爾德為目的。

布倫希爾德即使察覺到這一點，還是表示自己信任他們，並繼續接著說：

『白天，我向各位表明了自己身為龍之女的身分。我現在就向各位展示證據。』

布倫希爾德捲起軍服的右手袖子並脫下手套。

覆蓋著白色鱗片的手臂因此露出。

『這條手臂被我父親的鱗片所包覆。』

因此而認同布倫希爾德就是龍之女的人並非不存在。不過，許多人都用懷疑的眼光看著她的手臂。他們大概認為這是製作精良的假手臂吧。會有這種想法也很理所當然。

布倫希爾德拔下一枚鱗片，手臂流出一點紅色的血。

布倫希爾德用蛇一般的舌頭舔了一下鱗片，然後交給旁邊的男信徒。他是個非常感性的虔誠信徒。這個年輕人在白天的說明會哭得淚如雨下，現在也光是看到布倫希爾德的右手便露出極度感動的表情。

『請吃下我的鱗片。』

儘管信徒一臉緊張，最後還是大聲回應：「是、是的！」把鱗片扔進口中。

這瞬間，青年的身體開始發光。

「喔……嗚……啊……」青年發出呻吟。

他的背部開始蠕動，然後隆起。肩胛骨衝出皮膚，轉變成翅膀。閃電流竄全身，皮膚也漸漸化為鱗片。脖子在轉眼間伸長，臉也變得像馬一般細長，瞳孔則變成裂縫般的形狀。虎牙就像刀刃一般，又大又銳利。

青年信徒的外表變成了一頭白龍，體高大約是八公尺左右。

吃下龍的鱗片就能暫時化身為龍。這是四年前來到諾威爾蘭特帝國的時候，布倫希爾德親身體驗到的事。

大多數信徒都動彈不得。親眼見到超乎常理的狀況，人類大抵都會停止思考。稍微停頓了一下子之後，一部分的信徒害怕地大叫，試圖逃走。

『大、大家等一下！』

化為龍的青年出聲阻止他們。那並不是咆哮，確實出自青年的聲音，而且是真聲語言。

『別怕！各位！我不會攻擊你們！』

聽到青年的聲音，原本想逃走的信徒們停下腳步。

這個青年名叫阿列克謝。他在堤豐之中特別真誠，深受同伴信賴，在團體內的地位也很高。正因為是由他發聲，才能留住試圖逃跑的所有信徒。

而且，就是因為知道他的人望，布倫希爾德才會選擇他作為分享鱗片的第一個人。只要看過記載活動內容的文宣，就能知曉團體內的人物地位，而他的虔誠信仰也能透過觀察本人來確認。

『您可以感覺到龍的力量吧？』

布倫希爾德詢問。

『是的……我覺得體內深處有一股很強的能量。感覺也很舒暢……』

『而且還保持著理智與信仰吧？』

『是的，我對神龍大人的忠誠並沒有改變。』

布倫希爾德靠近阿列克謝，觸碰他身上的鱗片。然後，她回過頭對信徒們說：

『各位，請靠近他看看。』

阿列克謝為了表示自己沒有敵意，對信徒們低下頭。

信徒們戰戰兢兢地靠近阿列克謝。他們一碰到鱗片就感嘆其堅硬程度，碰到肌肉就為其強大的力量而驚嘆。

『龍的鱗片連子彈都能彈開，任何刀劍或長槍都無法將其貫穿。而且，肉體中隱藏的力量只要橫掃一下，就連戰車都能打飛。』

布倫希爾德看著阿列克謝說：

『請在心中默念想變回人的想法。』

阿列克謝緊緊閉上眼睛，外表漸漸變回青年的模樣。

布倫希爾德拔下自己的一枚鱗片，舉到所有人都看得見的高度。

『我想將這份力量分給各位。』

有些人開始小聲議論紛紛。少女的紅色眼瞳捕捉到這些人，將他們記在腦中。

布倫希爾德對天花板豎起食指。

『請看天花板上的畫。古人的心是如此地清澈，而且看透真相。』

她的手指著白龍引導人們的繪畫。

『這幅天頂畫就是在描繪我們。我們必須化身為龍，引導無知的人們。為了將龍的鱗片交給懷抱相同志向的人，我才會從伊甸來到此處。我想引導人類前往永年王國。請各位收下鱗片，以龍的姿態奮戰吧。』

沒有一個人不想要鱗片。

但是並非所有信徒都很虔誠。其中也有些人企圖用鱗片來滿足自己的私欲。從外表無法分辨虔誠的信徒與別有居心的人。

布倫希爾德以「確認信仰是否虔誠」為理由，在交出鱗片之前問了兩三個問題。所有信徒都要接受提問，問題的內容及對方的回答並不是重點。

布倫希爾德觀察的是回答時的目光、音調，以及手指和臉部肌肉的動態。布倫希爾德會解讀人類在無意識中表現的細微徵兆，判斷眼前的信徒是否為盲信者。

然後，她會先將鱗片含在口中再交給盲信者。

對於另有企圖的人，她則交出沒有含過的鱗片。

除了阿列克謝以外的四十一名信徒都拿到鱗片了。

布倫希爾德一聲令下，阿列克謝以外的所有信徒便吃下鱗片。

就像化為龍的阿列克謝，四十一名信徒也變身為龍。

但不同的是，四十一人之中，變成白龍的只有九人，其餘的三十二人則變成了黑龍。

白龍的眼裡帶著理智的光芒，用困惑的眼神望著黑龍們。

每頭黑龍都像服從布倫希爾德一般，對她垂下脖子。

『心術不正之人就會墮落為黑龍。』布倫希爾德雖然這麼說，但這是謊言。

交出的鱗片是否附著布倫希爾德的唾液，決定了該信徒會變成黑龍還是白龍。

布倫希爾德的唾液裡含有智慧果實的微量成分，這些成分能讓信徒在變身為龍之後仍保有理智。

不過，若攝取沒有附著唾液的鱗片，就會變成隸屬於鱗片主人的黑龍。因為沒有智慧果實的庇護，他們無法保有理智。黑龍是只會聽命於主人的僕人。

『各位白龍因為擁有純淨的內心，所以被神選上了。請回想化為黑龍的人平時的品行。他們是不是會在日常生活中做出褻瀆神的行為呢？他們是不是稱不上虔誠的信徒呢？』

這個問題非常卑鄙。畢竟這個世界上肯定不存在隨時隨地都保持虔誠的信徒。

然而，白龍們沒有發現布倫希爾德的提問有多麼卑鄙，反而十分認同。能夠察覺異狀的人全都已經被變成黑龍了。

身為人類時的盲信性格，再加上現在「被神選上」的優越感，都從化為白龍者身上奪走了「真正的理智」。

（……嗯，成為白龍的……果然大多是年輕人。）布倫希爾德在心中暗想。

布倫希爾德不將所有信徒變成黑龍，是有理由的。

黑龍會受到布倫希爾德的控制。可是，因為他們沒有理智，所以無法執行複雜的指令。命令他們攻擊人類的話，他們就會照做，卻無法臨機應變。他們會成為接到新的命令之前都不斷攻擊人類的裝置。

布倫希爾德需要白龍。

需要盲目地相信自己，而且能遵從瑣碎指示的棋子。

龍的女兒當時有個計畫。
就是在當天晚上演一齣戲。
而讓自己剛好瀕臨死亡所需的「手下留情」很重要。
布倫希爾德說完了。西斜的陽光從病房的窗戶照射進來。
西格魯德花了一段時間才理解。原因並非聽不懂她所描述的內容，而是不願意承認。
「所以……妳是這個意思嗎……？」
西格魯德終於開口說話。
「那些民眾……都是妳殺的？」
「沒錯。」
「不要說謊了。妳不是說過了嗎？我拜託妳保護民眾的時候，妳答應我了吧？」
「我沒有答應你。我只說我會善盡少尉的職責而已。」
「妳傷害那麼多無辜的人，什麼感覺都沒有嗎？」
「什麼感覺都沒有。因為那些人與我無關。只要是為了接近我想達成的目標，我會一再使用相同的手段。」
「那妳為什麼要救我啊！」

椅子應聲倒下。西格魯德迅速站起來，揪住布倫希爾德的衣領。

「妳當時大可對我見死不救啊！不管我是生是死，跟妳的目的都沒關係吧！妳根本沒理由救我不是嗎！」

「你是特別的。」

西格魯德睜大眼睛停止動作。

特別——她這麼說。

如果……如果布倫希爾德把自己當作朋友看待。

（她或許會把我說的話聽進去。）

如果是朋友。

不過——

「你有利用價值。」

少女說出口的話，完全出乎少年的預料。

「因為你是仇人的兒子。假如我的推測正確，那個男人真正重視的人不是我，而是你。我可以想到許多利用你的方法，你甚至能成為殺死那個男人的王牌。論重要的程度，你更勝薩克斯。」

——所以我才會救你。

「我當時對龍群下指示，不讓他們靠近有你在的橋附近。」

少女用冰刃般的尖銳語言攻擊西格魯德。

「跟你在一起的時光很快樂。可以說出真心話的感覺很好，對此有所留戀的我也有錯。所以，我想到此為止。」

我以前也說過了——少女這麼接話。

「我一定會深深傷害你。」

不，我已經傷害你了——少女低著頭這麼說。

「你別再跟我扯上關係了。」

太陽逐漸西沉。在陽光幾乎消失的時候，西格魯德開口說：

「我拒絕。」

少女用銳利的眼神看著少年。

「你沒聽懂我說的話嗎?人類的語言還真是不方便。既然如此，我就用更淺顯易懂的例子來說明吧。如果我碰到殺了你就能殺死那個男人的狀況，我會毫不猶豫地殺了你。其中不帶同情或友情。因為這就是我所剩的唯一目的……」

「妳腦袋明明很好，卻是個笨蛋呢。」少年打斷少女所說的話。

「你說什麼……?」

「不帶同情或友情？那妳為什麼要叫我遠離妳？」

西格魯德認為這句話就足以道盡一切，少女卻仍然眉頭深鎖。

「只要是為了殺死那個男人，我願意使用任何手段。你也不例外。一旦發現可以利用，我就會毫不留情地……」

「妳這段說明不就是在留情嗎？要不是因為不想傷害我，妳才不會這麼說。妳難道沒發現自己說的話根本自相矛盾嗎？」

說到這裡，布倫希爾德似乎才終於理解。她先是露出恍然大悟的表情，然後顫抖著低語。她用雙手遮住臉，呻吟般的說：「……不對，怎麼可能。我竟然……？豈有此理。」

少女一臉尷尬地從西格魯德身上別開視線，望向窗外。太陽正好完全沒入地平線。

「我明天還會再來。」

「會面時間結束了！給我滾！」

因為說不過少年，少女情緒化地大吼。有生以來第一次，少女被當面辯倒了。

西格魯德隔天也去探望布倫希爾德，卻因為護理師的阻止而沒能踏入病房。儘管護理師用含糊的說法解釋無法會面的理由，原因很顯然是布倫希爾德要求護理師這麼做。

允許探望布倫希爾德之後過了幾天的時間。

搭載加農砲的軍艦與其護衛艦停泊在諾威爾蘭特帝國最南端的港都埃伯格。

成功攻略某座伊甸的西吉貝爾特准將率領著艦隊，為了進行物資的補給及交付「伊甸灰燼」給陸軍的工作，在一週之前停泊於這座港口，而本來的目的早已在三天前完成。

西吉貝爾特准將因為身為朋友的薩克斯上校，已經在這裡停留了三天。

在軍艦芙蕾德貢的一個房間，薩克斯正與西吉貝爾特對峙。

「少囉嗦，我不會回首都。」

西吉貝爾特用固執的語調說。

「你的女兒受了重傷耶。你不是那孩子的父親嗎！」

薩克斯激動的模樣與西吉貝爾特形成強烈對比，看在旁人眼裡，實在不知道誰究竟才是布倫希爾德的父親。

「那孩子說她想見你！為什麼你不願意見她一面！」

「我沒有把她當作女兒看待。」

「你給我……！」

薩克斯幾乎就要撲上去，這時西吉貝爾特舉起手制止他。

「……你先聽我說完。」

西吉貝爾特並不打算否認自己與布倫希爾德血脈相連的事實。因為手腕上的刺青證明了他們的血緣關係。他想說的是接下來這段話。自己與布倫希爾德在沒有任何交流的情況下活了十六年，西吉貝爾特對布倫希爾德沒有任何感情，而他認為對方應該也一樣。

「我不相信……她是因為思念父親才想見我。」

「就是因為有著邏輯無法解釋的羈絆……才是所謂的親子啊。」

「…………」

西吉貝爾特開始沉思。

邏輯無法解釋的羈絆。

西吉貝爾特從來不曾對任何人萌生這種感情。不論是對自己的所有家人或是朋友，他這輩子都從來沒有感受過。

西吉貝爾特雖然視薩克斯為親近的友人，但這份感情建立在長年的交情之上。

（所謂的親子，真的是在心靈方面具有某種神祕連結的關係嗎？）

對於親情是否會讓事物朝好的方向發展，西吉貝爾特抱持懷疑的態度，但他並沒有頑固到會一概否定他人的看法。父母，特別是母親會為孩子而變得堅強，這樣的例子並不少見。

布倫希爾德是個女孩。雖然西吉貝爾特不能百分之百斷定她不會因為女性特有的纖細感性，而對自己萌生強烈的親情……

即使如此──

「我不回首都。」

如果是其他女兒那麼說，他或許還會相信是出於親情。

西吉貝爾特的腦中閃過布倫希爾德在醫院瞪著自己的眼神。她的臉上刻著彷彿怨恨世間萬物的憤怒表情。

曾經露出那種表情的傢伙，不可能對自己產生親情。

「那傢伙打算殺了我。」

「一開始或許是那樣沒錯，但那孩子改變了。就跟被狼養大的女孩一樣。」

即使如此，西吉貝爾特仍然沒有點頭。

「如果你不回去……」

薩克斯憤怒地顫抖著拳頭說：

「我也有我的方法。是你要把那孩子交給我照顧的，我會站在布倫希爾德這一邊。」

「隨便你吧。我……已經把那傢伙交給你了。」

西吉貝爾特認為薩克斯被布倫希爾德蒙騙了，但他沒有指出這一點。

西吉貝爾特在作戰與軍事策略方面特別有天分，人際關係的建立能力卻奇差無比，而且本人也對此有所自覺。

如果薩克斯真的被布倫希爾德騙得團團轉，自己所說的話終究無法說服他。

（要是薩克斯能拉攏那個女人，我就能把巴爾蒙克推給她了。）

西吉貝爾特的企圖似乎已經完全失敗。

「另外……撇開私情不談，民眾和軍方高層也希望你能回到首都。」

「是因為襲擊事件的關係吧。」

「是啊。攻擊首都的龍有八成被殺，兩成逃走了。民眾都人心惶惶，很害怕逃走的龍什麼時候會再攻過來。人們現在正需要屠龍者。」

「……我接下來要去的島嶼也一樣。」

不能在資源爭奪戰中輸給其他國家。

諾威爾蘭特缺乏資源，國土也很貧瘠，只有能夠屠龍這一點勝過他國。搶在他國之前攻打龍所守護的伊甸、獲得島上的能源，諾威爾蘭特才能擠身列強。

西吉貝爾特若返回首都，對國家會造成明顯的負面效應。再說，西吉貝爾特並不認為安撫首都的人能有什麼具體的正面效應。

龍何時會來襲，甚至是否會再次來襲都是未知數。因為無法追蹤逃走的龍，所以也不能主動出擊。

「高層打算將我留在首都……直到龍再次襲擊嗎？……到時候說不定不只要等上一兩個

月呢。」

「如果只有民眾的聲浪，或許還能勉強壓下來。不，這次連安撫民眾都很困難……」

對龍的恐懼深深烙印在人們心裡。而且，對於遲遲不回首都的屠龍者，這份恐懼正在漸漸轉化為憤怒。為了因應襲擊，城市正處於特別警戒狀態，而這也加劇了人們的緊張。

「軍方高層、政治人物和神職人員都想加強首都的防禦。因為他們也很愛惜自己的性命。就算是你，也不可能拒絕他們所有人的要求。」

「……確實。」

西吉貝爾特陷入沉默。因為他沉默了很久，薩克斯以為自己終於成功說服他了。

然而——

「簡而言之……只要首都有能力擊退龍就行了吧？」

「沒錯，所以我們需要你的力量……」

「就算我不回去……也有方法能讓首都具備迎擊能力。」

西吉貝爾特的三白眼注視著薩克斯。

「薩克斯。」

「怎麼了？」

「你是我的朋友嗎？」

「嗯？幹嘛現在才問這個……」

「回答我。」

「……當然是了。我和你是朋友。」

「這樣啊。」

薩克斯不明白西吉貝爾特為何要這麼問。不過，剛才的確認步驟對不擅長溝通的西吉貝爾特來說，具有重要的意義。

「我相信你是朋友，有件事想拜託你。」

西吉貝爾特閉上眼睛。

過了一段時間，他下定決心似的睜開眼睛。

「我要教我的孩子使用巴爾蒙克。而你……也必須知道，巴爾蒙克既不是大砲的名字，也不是巨劍的名字……」

西吉貝爾特取下掛在脖子上的項鍊交給薩克斯。

墜子看似一顆水滴形的紅寶石。

「這東西看起來像寶石……但其實是我家地下室的鑰匙，巴爾蒙克就在那裡。接觸到它……自然就能學會如何使用。只要繼承了我的血脈……」

「帶布倫希爾德去那裡就行了吧？」

「不對，你要帶西格魯德過去。這件事不能告訴那個女人。」

薩克斯注視著西吉貝爾特的眼神帶有責備之意，但西吉貝爾特視而不見且繼續說：

「西格魯德會扛起使用巴爾蒙克的責任，保護首都不受龍襲擊。這麼一來你們就沒意見了吧？」

「話是這麼說沒錯……」

可是西吉貝爾特皺起眉頭。他接著低語：

「可以的話……我並不想讓那孩子繼承。」

「……你也不必對那孩子這麼冷漠吧。」

兩人口中的「那孩子」，有著致命性的差異。

「我差不多要出海了。我會完成我的任務……因為我只能這麼做。」

薩克斯下了軍艦，心有不甘地目送他離去。朋友不顧女兒的安危，為了尋求新的資源而踏上屠龍之路。

龍的女兒康復得比人類還快。

住院後過了一個月，她終於獲得出院的許可。

布倫希爾德出院的時候，可想而知會有大批記者前來採訪。所以，她何時會出院的消息並沒有公開，出院時也是從醫院的後門離開，流程就跟她第一次從軍營醫院出院時一樣。

儘管如此，這次不知為何，記者都確實掌握了布倫希爾德出院的時間，在後門守株待兔。這種情況只有可能是醫院中的某人將情報洩漏給了記者。

布倫希爾德在後門遭到眾多記者包圍，接受連珠砲式的提問。

齊格菲家的隨扈想保護布倫希爾德不受記者騷擾，但布倫希爾德制止隨扈，友善地回答了問題。

「我只是盡了少尉應盡的職責。」「我沒有做出什麼值得讚揚的事。」「保護民眾就是軍人的義務。」「身為齊格菲家的一員，這麼做很理所當然。」

身為軍人及齊格菲家的千金，她的每一句回應都非常得體。

也因為太得體，對記者來說有些無趣。

所以，記者提出了更深入的問題。

「請問妳不怕龍嗎？」

來了——龍的女兒這麼想。

所以，她先前明明回答得非常流暢，到了這裡才刻意停頓。

記者們知道這就是自己想要的反應。

她先停頓了一瞬間，再用比較小的聲音回答：「我不害怕。」

記者接著提出一連串雪崩式的問題。

「妳真的不害怕嗎？」「身為屠龍者，這會讓妳感到力不從心嗎？」「如果妳是真正的屠龍者，是不是能夠進一步降低傷害呢？」「請問妳對自己的父親有什麼看法？」「妳有沒有想過，如果有父親在就好了呢？」

對於其他的類似問題，布倫希爾德統一用一句話來回答。

她顫抖著肩膀，用雙手摀著臉說：「對不起。」

她很清楚，記者們會擅自用各式各樣的說法來解釋這句「對不起」。

假裝悲傷的龍之女腦中閃過令人懷念的聲音。

『吃下智慧果實並不是罪，利用果實賦予的智慧來陷害他人才是罪。』

因為這個聲音，女孩才真正感到悲傷。

〈屠龍女神奇蹟生還〉

〈出院後淚灑現場的理由〉

〈屠龍者的真面目是純樸的少女〉

〈代替缺席的父親，悲壯的決心〉

〈懂事的女兒，漠不關心的冷酷父親〉

毫無顧忌的標題躍上新聞版面。

如果是平常，媒體或許會接收到來自軍方的壓力，這次卻沒有。將布倫希爾德當作親生女兒看待的陸軍上校允許了這些報導。

布倫希爾德流下淚水。

尼貝龍根這座城市中，只有一個人知道「真正的理由」為何。

西格魯德·齊格菲。

在早餐時間看報的時候，西格魯德感受到一陣暈眩。明明不是布倫希爾德，他卻覺得麵包吃起來就像沙子一樣。

老實說，西格魯德不知道該怎麼辦才好。他每天都會前往醫院，卻總是不得其門而入。雖然布倫希爾德昨天就已經回到家裡，房門卻上了鎖，無法進入。就連平常會保持開放的午餐時間都上了鎖。

（我必須阻止她。）

對西格魯德來說，布倫希爾德是第一個朋友。他的性格容易與人起衝突，所以沒有人願意接近。他的身邊只有看上其家族名聲而主動示好的跟班而已。

布倫希爾德打算殺死自己的父親，她有足夠的理由這麼做。可是，西格魯德不希望父親被殺死。

可以的話，西格魯德希望布倫希爾德能放棄復仇。就算她以菁英軍官的身分當上軍方的幹部，自己也不會嫉妒；就算父親讓她繼承屠龍者的名號，自己也不會鬧彆扭。所以，即使無法與父親和解……希望她至少能放棄殺害父親。

假如布倫希爾德的殺人計畫失敗，父親恐怕會將她送上軍事法庭，並且處死吧。

（我希望他們兩人都能活下去。）

這就是十七歲少年西格魯德的深切願望。

可是，因為西格魯德只是一個十七歲的少年，沒有解決這個問題的手段。不，這肯定與他的年齡無關。

（不管怎麼想，這都不是能靠說服來解決的問題。）

布倫希爾德的復仇之火非常猛烈。

那絕對不是西格魯德能夠阻止的淺薄感情。畢竟，她為了達成目的，甚至害死了許多無辜的人。布倫希爾德引發的襲擊事件共有五十四名死者，傷患更超過三百人，而且傷者也包含她自己。西格魯德想不出有什麼方法能說服不惜讓自己瀕臨死亡也要達成目的之人。

上午的時間在煩惱之中結束。不知不覺間，時鐘的指針已經指向下午三點。

有人敲響了西格魯德的房門。

西格魯德一時以為是布倫希爾德而緊張起來，敲法卻不太一樣。她敲門的方式很客氣，剛才的敲門聲卻給人強而有力的感覺。

「請進。」

走進房間的人是薩克斯上校。

西格魯德下士從座位上起身，立正站好並向他敬禮。

「放輕鬆吧。今天……不是那種場合。」

不過，西格魯德沒有放鬆姿勢。

薩克斯關上房門。

「你爸爸拜託我一件事。」

薩克斯從口袋裡取出紅寶石項鍊。

當天傍晚，西格魯德前往布倫希爾德的房間。他沒有敲門就試圖開門。房門上了鎖，但他使用剛才取得的「力量」硬是打開了門。

布倫希爾德正皺著眉頭，清除眼前的餐點。

少女先是用驚訝的眼神看著西格魯德，但又立刻擺出嚴厲的表情。

「我應該叫你別再跟我扯上關係了吧……」

西格魯德充耳不聞，毫不猶豫地朝她走去。

西格魯德就像要震懾她一般，俯視坐在椅子上的少女。

少女用紅色的眼瞳仰望西格魯德。

「我得到巴爾蒙克了。」

他用強而有力的聲調說：

「爸爸決定讓我擔任他的正式繼承人。不是妳，而是我。」

我當上了屠龍者。

「西吉貝爾特准將應該還待在遠方的港口才對。你要怎麼確認他對繼承的意思？」

「是薩克斯上校居中接洽的。」

「這樣啊。」

布倫希爾德微笑。

「恭喜你，這樣你就達成被父親認可的夢想了。我真羨慕你，因為我連一次也沒有被認可過……」

她的聲音裡沒有任何敵意，而且似乎很寂寞。

一瞬間，西格魯德差點沒了氣勢。

可是，他用儘量壓低的聲音接著說：

「我已經變得比妳強了。」

就像要威脅對方，用自己能發出的最恐怖聲音說：

「巴爾蒙克絕對不是妳想像中的那種東西，它比妳想像得還要強大多了。妳無法戰勝使用巴爾蒙克的我。」

「假如你能告訴我巴爾蒙克的真面目，我的計畫就能進行得更順利了。」

「我怎麼可能告訴妳。」

西格魯德不打算放棄自己好不容易取得的優勢。

「我就明說了，我沒有在說謊。只要有巴爾蒙克，妳就贏不了我和爸爸。這不是虛張聲勢，所以……」

拜託妳不要殺了爸爸。

原本帶有壓迫感的聲音突然變得如乞求般懦弱。

「我不會輕易說我……能夠理解妳的遭遇有多麼難受。那大概是我無法想像的痛苦。可是，拜託妳住手吧。我不希望妳或爸爸死去，也不想再看到妳做出殘酷的事了。不管妳遭到多麼殘酷的對待，不管妳多麼想復仇……都不應該害死其他無辜的人吧？」

西格魯德雖然不想說，但也只能說出口。

「時間……只要再過一段時間……妳……一定也能……」

不過，他終究無法說到最後。

所以，布倫希爾德接著說了下去。

「是啊，時間會療癒一切。」

少女把手放到自己的軍服鈕釦上。

然後一個一個解開。

少女從軍服上衣的右邊袖子裡抽出手臂。

布倫希爾德的軍服裡面穿著一件沒有袖子的絲質細肩帶連身裙。所以，右肩以下的部分完全露了出來。

少女的右臂覆蓋著白色的鱗片。

對於別開臉的西格魯德，布倫希爾德說：

「西格魯德，你看仔細了。」

「……我不用看也知道。妳的右手……」

「不是的。你看，西格魯德。」

西格魯德戰戰兢兢地抬起頭。

布倫希爾德用左手的食指指著右臂的根部。

「原本直到這裡都有鱗片。」

食指一下子移動到右邊手肘。

「只過了半年，就已經癒合到這裡了。」

過去覆蓋到肩膀的鱗片，現在只到手肘。

人類的再生能力還真可怕——少女笑著諷刺。

「在醫院跟那個男人說話的時候，我就決定了。我要用右手，也就是我父親的手來報殺父之仇。所以，我沒有時間了。我要在失去鱗片之前殺了他。」

就連傷口也會讓這個少女看見父親的影子。

西格魯德的視線開始游移。他正在思考有什麼方法能說服布倫希爾德。

忽然間，西格魯德發現書架上放著一本書。混在艱澀書籍中的那本書非常顯眼。

那是描述一名少女被狼養大的故事書。

布倫希爾德也發現西格魯德正在看什麼了。

注意到那本繪本的時候，西格魯德稍微鬆了一口氣。

只要是諾威爾蘭特帝國的國民，沒有人不知道這個故事。

狼所養大的少女被獵人收養，來到了人類社會。狼少女一開始雖然不知所措，卻在經歷

一番波折之後與人類建立情誼，最後過著幸福快樂的生活。

就表示布倫希爾德的內心深處一定也想像狼少女一樣獲得幸福。

（既然她有這本書……）

只對自己吐露真心話的少女。

雖然一開始很令人討厭，但她也會笑，還會說些無聊的笑話。她有出乎意料的膽小之處，還是個會為口糧狂喜的怪人。西格魯德最近發現，她說話的方式雖然高高在上……卻也有可愛的一面。

這樣的人……就算是面對殺父仇人，也不可能認同殺人的行為。她一定不是真的想殺人。在襲擊事件中波及民眾，是因為她別無他法。如果可以，她肯定不希望任何人受傷。

「這樣啊，西格魯德。你是如此解讀那個故事的啊。」

她仍然說著看穿對方般的話。

「如果是人類，那樣解讀才是正確的。因為這就是作者的意圖。閱讀那本書的時候，我哭了。那是我來到人的國度後，第一次哭泣。」

——我害怕得哭了。

「狼所養大的少女隨著時間的流逝而遺忘被獵人射殺的父母，歸化為人類。那本書教會我，不論是多麼強烈的感情，都無法避免時間的風化。」

布倫希爾德閱讀故事的觀點與人類不同。

「我已經決定不再看第二次，但我將它放在房間裡引以為戒。自從我來到這個國家，只過了短短的六個月……但我已經漸漸想不起來了。就算想閉上眼睛，在黑暗中描繪父親的身影……仍然很模糊。」

西格魯德認為自己與其他人也都一樣。

就算要回想父親的長相，也絕對沒有人能一五一十地想起所有細節。

不過，即使西格魯德這麼說，少女的決心恐怕也不會改變。

西格魯德無法想起父親長相的細節，以及布倫希爾德無法想起父親的長相，兩者雖然是相同的現象，其中的意義卻完全不同。

再說，西格魯德覺得不論是多麼伶牙俐齒的人，恐怕都無法在脣槍舌戰中勝過她。她的腦筋轉得非常快。

所以，只能對她展示力量了。

「我不會讓妳殺死爸爸，但我也不會殺死妳。我有心就能殺掉妳，不過我絕對不會那麼做，而是留妳半條命。可是，拜託妳別逼我這麼做。我警告過妳了。」

西格魯德拋下這句狠話便離開房間。

走出房間的他，手裡握著口糧。

（如果布倫希爾德被我的威脅嚇到……我本來打算把這個送給她來表達歉意。）

西格魯德緊握口糧的盒子，甚至感到疼痛。

在少女的紅眼中燃燒的火焰就連半點動搖都沒有。

當天晚上下雨了。雨滴靜靜地落在步道上，打溼了地面。

薩克斯在書房看書，時鐘的指針已經指向深夜時間。他正打算就寢的時候，管家來了。

管家說有人在不撐傘的狀態下，守在宅邸門口。

薩克斯吩咐管家立刻趕走那種可疑人物，但管家面有難色地說：「可是……」

「守在宅邸門口的人看起來很像齊格菲家的大小姐。」

薩克斯請管家退下，然後親自前往玄關。

他一開門便看見布倫希爾德的身影。她沒有撐傘，紅色的軍服全都溼透了。布倫希爾德的臉也被不同於雨水的液體沾溼。

「怎、怎麼了……！」

她在這種時間來到這個家擺出這種表情，究竟發生了什麼事？

少女只是用泛紅的臉不斷哽咽。

「總之先進來吧。這樣會感冒。」

布倫希爾德在沖澡溫暖身體的期間，薩克斯親手準備了熱牛奶。薩克斯心想，當初或許該僱用女僕而非管家。她沖完澡之後，真不知道該如何應對才好，家裡也沒有衣服能給她穿。薩克斯早在二十四歲就斷絕男女關係，家裡根本不可能有女用的衣服。

他不得已，只好準備自己的土氣睡衣，除此之外沒有其他選擇了。

過了一陣子，布倫希爾德來到薩克斯的房間。

布倫希爾德只穿了睡衣的上衣，沒有穿褲子。因為薩克斯的睡衣對布倫希爾德來說太大了，所以穿起來就像一件寬鬆的連身裙，小巧的白皙膝蓋露了出來。

「褲子呢……？」

「……很抱歉，雖然您特別替我準備了……因為……尺寸太大……鬆緊帶很鬆……」

說得也是。薩克斯原本沒有注意到。

布倫希爾德的纖細腰圍和自己的腰圍相比，當然會有這種差距。

「傷腦筋……因為這裡的衣服全都是我的尺寸……」

「沒關係。上校，您看。」

布倫希爾德轉了一圈，浸溼頭髮的水滴閃閃發亮地散落。只要穿在她身上，就算是土氣的男裝，也會變成惹人憐愛的禮服。

轉圈之後，布倫希爾德露出柔和的微笑。在薩克斯眼裡，她就像花之女神一樣。

「您看，沒問題吧？」

「……是啊。」

臉上自然而然地綻放笑容。

初次見面的時候，薩克斯覺得她是個詭異的少女。

彷彿在觀察別人的暗紅色眼瞳讓人感到很不舒服。

可是，現在的她已經會對自己露出這種表情了。

「而且上校的衣服聞起來有種令人懷念的味道，讓我覺得很安心。」

「懷念……？」

「待在伊甸的時候……養育我的父親還活著的時候……」

布倫希爾德說到這裡便停了下來。

（這孩子該不會把我當作……）

某個念頭瞬間閃過薩克斯的腦海，但他馬上就否定了。因為經過冷靜的判斷，這個想法未免太過自以為是。

「我熱了一杯牛奶，喝了應該就可以放鬆下來了。」

薩克斯拿牛奶給她，然後開口詢問：

「對了……怎麼會在這種時間來找我？發生什麼事了嗎？」

布倫希爾德用雙手拿著杯子，動作就像松鼠一樣。

她凝視著冒煙的牛奶，沒有送到嘴邊。

「不，沒什麼事。我只是剛好經過上校的住家而已。」

「怎麼可能沒事呢？」

薩克斯已經目擊到她佇立在雨中的模樣。

「布倫希爾德當時在哭吧？」

她似乎無法反駁。

「能不能告訴我呢？我或許能幫上忙。」

聽到這句話的布倫希爾德依然保持沉默。

薩克斯覺得自己很擅長從他人的表情讀出內心的想法，這項技術建立在長年的經驗之上。根據自己的判斷，布倫希爾德現在的表情代表了不願意給別人添麻煩的想法。

「之前不是曾在醫院說過嗎？」

薩克斯用溫和的語氣繼續說，希望布倫希爾德可以安心。

「布倫希爾德曾問過，能不能依賴我吧？而我回答當然可以。我的想法到現在都沒有改變，我一點也不覺得麻煩。儘管依賴我吧。」

少女終於抬起頭，情不自禁地低聲呼喚：「上校……」

「為什麼呢……只要待在上校的面前，我好像就會變得非常幼稚。」

「布倫希爾德實際上還是個孩子，有什麼關係呢？所以，告訴我吧。」

少女仍然有些猶豫，但最後還是斷斷續續地說了起來。

「我聽說西格魯德下士……當上了屠龍者。他已經獲得認可，成為西吉貝爾特准將的正式繼承人。」

胸口一緊的感受頓時襲向薩克斯。

「沒關係，這也是理所當然的。畢竟西格魯德哥哥跟父親大人生活的時間比我還要長多了。而且……我又是女孩子。」

布倫希爾德笑著這麼說，但這副笑容實在令人痛心。

薩克斯不忍心看著她。

「我……竟然還會錯意，真的很傻呢。因為被賦予少尉的階級……我還以為自己備受期待……我以為自己只要努力……或許也能…………」

我明明早就知道了——說著，少女摀住臉。

「待在家裡讓我難過……回過神來……我就已經跑到上校的宅邸前了……」

她似乎再也說不下去了。

就算不繼續說下去，薩克斯也能讀出布倫希爾德的心聲。

「布倫希爾德真的很努力。這個國家的人全都明白。」

薩克斯靠到布倫希爾德身邊，輕輕把手放到她的肩膀上。

「上校……上校……」

薩克斯對自己的言行感到厭倦。

只會說些陳腔濫調的自己令他非常心煩。

無法進一步幫助她的自己令他非常怨恨。

如果……如果我——

「如果上校……」

少女哽咽著說：

「如果上校……是我的父親就好了。」

薩克斯再也無法忍受。

於是擁抱了少女的肩膀。

薩克斯想起自己二十四歲的冬天。

被女人刺傷時的事。

那個時候，他以玩弄女人為樂，甚至還曾經很自豪地向西吉貝爾特炫耀自己究竟上了多少女人。

其中一個玩玩的對象說她懷了一個女孩子。

這個瞬間，電流般的感覺在全身上下流竄。

小孩子，而且是女孩。

薩克斯沒什麼真實感。

他覺得自己還是個小鬼頭，這麼幼稚的自己也有當爸爸的一天嗎？真的嗎？

「咦？人真的能在一瞬間內改變嗎？」他現在也驚訝地這麼想。

這個瞬間，除了自己的未婚妻以外，他斷絕了與其他所有女人的關係。

他記得很清楚。

自己的內心是高興的。

非常高興。

但他不知道理由是什麼。硬要說的話，或許是因為有了明確的人生目標。跟女人上床、吃飯，最後逐漸老死的人生終於有了明確的目標——薩克斯這麼想。

她是光。

那孩子是我的光，是我們的光。

薩克斯當時還樂得大買益智玩具、童裝、人偶與布偶等東西。雖然被未婚妻取笑了一番，但那也無所謂。畢竟這是他這輩子花得最有意義的一筆錢。

明明還沒有親眼見過女兒，他卻會想像女兒長大的樣子。

如果像未婚妻，她就會是個可愛的孩子。所以，她絕對不可以加入軍隊。因為軍隊裡有跟我一樣的男人。她一定是個天真無邪的孩子，恐怕會被男人吃乾抹淨。身為父親，自己必須保護她……等等，要保護到什麼時候？這個嘛，可以的話，真想永遠守在她的身邊，直到自己逐漸老死為止。不過，這樣可不好。就算她是我的女兒，也不是屬於我的物品。如果她選擇了可靠的男人，就應該好好送她離家。可是，啊啊，真令人煩惱。如果她是個男孩，自己就不必擔心這種事了。

西吉貝爾特有點煩躁地聽著薩克斯說的話。「你最近……老是在說些同樣的話……」西吉貝爾特雖然嘴上這麼說，還是很專心聆聽。「嬰兒……抱起來一定很溫暖吧。」薩克斯說著沒頭沒尾的話。

只有未婚妻能以相同的程度跟上薩克斯的妄想，兩人會聊著同樣的話題直到天亮。就算是已經聊過好幾次的話題，他們還是聊都聊不膩，真是不可思議。薩克斯可以斷言，這段期間是他人生中最幸福的時光。

可是，神確實存在。

做了壞事，就會遭受天譴。

事情就發生在前往醫院進行產檢之後，回家的路上。雪靜靜地飄落，天氣非常寒冷。為了不讓未婚妻受凍，薩克斯靠在她身邊走著，同時注意到處都結了冰的路面。

……他畢竟是軍人，所以能感覺到類似殺氣的東西。

可是，就算能察覺，無力抵禦就沒有意義。

他察覺的時候，那個女人已經帶著凶器逼近到未婚妻身邊。

她是薩克斯曾經玩弄，最後拋棄的女人。

要殺就殺我吧——薩克斯這麼心想。

可是手持利刃的女子打從一開始就不是以薩克斯為目標，而是盯上了薩克斯當時的未婚妻。介入兩人之間的薩克斯根本來不及反應。

可是，這並不構成藉口。

試圖保護未婚妻的薩克斯不慎用手肘撞飛了她。

薩克斯雖然被刺傷腹部，還是靠著所謂的火場怪力，將女子壓制在地。

他將女子壓在結冰的路面上，對當時的未婚妻說了「沒事吧？」這種愚蠢的問句。

——是我殺了她。

恰巧打到要害並不是重點。

那個時候，如果自己沒有撞飛當時的未婚妻。

如果自己像西吉貝爾特一樣強，可以更巧妙地應對凶器。

最重要的是——

如果自己不曾以玩弄女人為樂。

當時的未婚妻就不會遭到襲擊。

她的孕肚也不會摔在結冰的路面上。

薩克斯嘗到了世界末日的滋味。

那是非常樸素，沒有痛楚的感覺。

當時的未婚妻從裙子下流出鮮血，在路面上擴散。血變得越來越冷。薩克斯覺得寒氣彷彿正在奪走那孩子的生命溫度，於是開始大叫：「不要，拜託不要！」他能清楚回想的記憶只到這裡為止。

如果那孩子還活著……如果她平安出生了……

如果我沒有殺死她。

她今年正好十六歲。

就跟自己懷中的少尉同年。

回過神來，自己已經哭了。薩克斯嚎啕大哭，就像個小孩子。

布倫希爾德已經停止哭泣，在薩克斯的懷裡溫柔地撫著他的背部。這個樣子，真不知道究竟誰才是大人。

少女用沉靜的聲音說：

「雖然我並不是您真正的女兒……」

即使如此。

——我也不會離開父親大人的身邊。

「這次請您依賴我吧。」

布倫希爾德持續撫著薩克斯的背部，就像在安撫嬰兒似的。

…………

……欸，西吉貝爾特，為什麼？

你為什麼要疏遠如此善良的孩子？

明明有這麼好的女兒，為什麼要對她如此冷淡？

現在的我對你羨慕得要死，甚至感到怨恨。

這孩子可是為了得到你的認可，不惜努力到受了瀕死的重傷喔？

為什麼不讓她繼承屠龍者的名號？

為什麼不把巴爾蒙克交給她？

我明明無法為她做什麼，明明什麼忙都幫不上。

可是，這孩子卻說她願意待在我身邊，要我依賴她。

（什麼都可以。如果有什麼方法能幫助她……）

忽然間，薩克斯想起自己房間裡的保險箱。

裡面收納著西吉貝爾特交給他保管的項鍊。

啊啊，對了。

只要我有心，不就能交給她了嗎？

我確實可以將巴爾蒙克交給她。

「布倫希爾德。」

女孩用愣住的表情看著薩克斯。

「我有東西想交給布倫希爾德。」

聽到下一句話，她會露出什麼表情呢？光是想像，就連自己也忍不住感到高興。

（這麼做並沒有錯。）

這孩子比西格魯德優秀多了，而且也留下了成果。所以，西吉貝爾特遲早也會明白，他打從一開始就應該把巴爾蒙克交給這孩子。

所以，就算我把巴爾蒙克交給這孩子，也沒有錯……

『薩克斯。』

這個時候，某句話閃過薩克斯的腦海。

『你是我的朋友嗎？』

那就是非常冷淡的朋友如此確認的一句話。

在腦中翻騰的熱浪，不知為何因為這句話而冷靜了下來。

……承認吧。

自己在布倫希爾德身上看見了沒能出世的女兒。薩克斯非常喜歡布倫希爾德，願意為這孩子做任何事。

不過，更重要的是——

自己不能背叛那個頑固的朋友。

雖然將布倫希爾德當作女兒看待是自己恣意妄為。

「……抱歉。」

布倫希爾德終究不是自己的女兒。

「請忘了我剛才說的話吧。」

不知為何……

這個瞬間，只有一瞬間——

布倫希爾德看起來就像完全不同的生物。

接著，她似乎用非常失望的眼神看著薩克斯。

視線相當刺人。

可是，不能交給她。絕對不能。

「沒關係。」

布倫希爾德笑了笑。

「上校，請別勉強自己。既然上校這麼說，我會忘記的。」

臉上浮現微笑的布倫希爾德已經變回薩克斯熟知的少女。

所以薩克斯也馬上重拾笑容。

「我想我差不多該告辭了。我不能再繼續給上校添麻煩。」

「我並不覺得麻煩啊。」

「真的嗎？既然如此，我還可以再來拜訪嗎？」

「當然可以。但是工作的時候就不行了喔。」

布倫希爾德高興地闔起雙手的掌心。

「太好了。那麼這段期間，請讓我把上校的家當作避難地點吧。」

「避難地點？」

「是的，因為西格魯德哥哥會來向我炫耀自己得到巴爾蒙克的事。如果我能知道巴爾蒙克是什麼樣的東西，至少就能回嘴了。」

少女垂下眉毛搔搔臉頰。

……西吉貝爾特，這點小事應該沒關係吧？

我不會把巴爾蒙克交給這孩子。決定誰能繼承屠龍者的名號是你的權力。

不過，只是透露巴爾蒙克的真面目就沒關係吧？這孩子也是齊格菲家的女兒。

而且就算知道了巴爾蒙克的真面目，沒有接觸到本體就無法使用。知道真面目當然不等於能成為屠龍者。如果光是知道真面目就能成為屠龍者，薩克斯現在也已經是屠龍者了。告訴她這點小事，應該沒關係吧？

薩克斯用食指抵住嘴巴。

「可以答應我，絕對不跟任何人說嗎？要不然我會被那傢伙罵。」

「您願意告訴我嗎？」

「畢竟布倫希爾德也有權力知道真相。」

少女的雙眼閃閃發亮。

「巴爾蒙克這個東西，就是『神力的碎片』。」

「神力……？」

薩克斯搔著鼻頭說：「就算說出來，可能也不相信。」聽到這句話，布倫希爾德興奮地說：「只要是上校說的話，我什麼都相信。」

嗯～真可愛。可是她這麼純真，將來可能會被壞男人欺騙，令人有點擔心。

「布倫希爾德知道人類的世界誕生之前，宇宙中只有神與天使存在嗎？」

「當然知道。我好好修習過歷史學了。」

「那也知道天使中的三分之一化為龍，企圖反叛神的事嗎？」

「知道。領導者就是最初的龍——路西法吧。邪龍路西法敗給神，於是被貶入地獄。」

「邪龍路西法遭到神的雷霆所擊敗。一部分的雷霆殘留在地上，而那就是巴爾蒙克的真面目。」

布倫希爾德把手放到嘴邊，似乎陷入了沉思。

……剛才的說明或許太難懂了。

「我看到的巴爾蒙克本體是發光的塊狀物，感覺就像經過超強壓縮的高能源體。可是，因為那是極度強大的能源體，聽說普通人光是碰到就會發狂。畢竟是神力的一小部分嘛。要靠人的肉身去理解神，根本是不可能的事。即使如此，人類仍然沒有放棄使用巴爾蒙克。為了生出能夠使用巴爾蒙克的後代，人類反覆進行了好幾個世代的血統改良研究，齊格菲家的血脈就是研究的產物。只有他們能接收神力而不會發狂……不，嚴格來說，齊格菲家的後代接收神力也會發狂，但聽說他們會準確計算能保持理智的分量，再加以接收。」

聽說西吉貝爾特說話速度特別慢，似乎也是巴爾蒙克對語言中樞造成異常的關係……畢竟那傢伙老是不提重要的事。薩克斯已經決定不再用他的說話方式來開玩笑了。而且，吸收到體內的巴爾蒙克雖然緩慢，卻也會逐漸侵蝕其他的腦部功能。

「……原來如此。」少女低聲說。

「巴爾蒙克是殺死第一頭龍的力量，因此具有屠龍的屬性。既然如此，問題就不在於使用力量的多寡。即使是微量的巴爾蒙克，也能不由分說地制伏龍，因此才稱為屠龍者……」

「……布倫希爾德？」

「……您是這個意思吧？我的理解有錯嗎？」

「啊啊，沒有。頭腦轉得這麼快，總是很令我驚訝呢。布倫希爾德說得對，巴爾蒙克絕對不會輸給龍。」

布倫希爾德把左手重疊到右手之上。

「隸屬於龍的生物是絕對無法勝過巴爾蒙克的吧。」

「嗯。光是接觸到巴爾蒙克，應該就會非常疼痛。」

「……我終於知道父親大人為什麼不讓我當繼承人了。」

布倫希爾德的視線望著被手套包覆的右手。戴著手套的手覆蓋著白色的龍鱗。

「我的身體有一半是龍，一定無法使用巴爾蒙克。」

「這……我就不知道了……」

薩克斯覺得自己或許該說些安慰的話，但似乎沒有那個必要。因為布倫希爾德的表情十分平靜。

「這樣我就放心了。父親大人不是不讓我繼承，而是不能讓我繼承……不論事實如何，光是能這麼想就讓我鬆了一口氣。」

「……布倫希爾德的爸爸確實認可了布倫希爾德。」

這句話，呃……或許包含一點謊言。

「而且……我們也有巴爾蒙克可以送給布倫希爾德喔。雖然形式跟想要的不太一樣。」

「咦？」

「軍方內部已經決定，要頒發巴爾蒙克名譽銀章給布倫希爾德。這是因為布倫希爾德從龍的威脅之中保護了首都。」

巴爾蒙克名譽銀章是頒發給立下優異戰功之人的勳章，布倫希爾德具有十足的資格。

「話說回來，我聽說了關於讓我晉升兩個階級的傳聞。」

「哈哈哈，那就太早了。」

儘管以這孩子的實力，成為上尉的日子或許不遠了。

「說得也是。不過，我很高興能獲頒勳章。」

「好好期待授勳典禮吧。到時候的氣氛會像是一場小小的慶典。」

頒發勳章給布倫希爾德的典禮與以往的性質有點不同。

布倫希爾德在世人眼裡是帶有悲劇色彩的屠龍者。

若不頒發任何勳章給她，將會有損軍方的威信。布倫希爾德的授勳典禮是為了展現軍方確實表揚了她的行為，並且讓城市恢復因龍的襲擊而失去的活力。所以她的授勳典禮會辦在尼貝龍根廣場，向民眾公開展示。

「聽說會邀請軍樂隊，舉辦盛大的慶祝活動。」

「哎呀，真令人期待。」

布倫希爾德先是微笑，然後問道：

「請問會替我別上勳章的人是首相嗎？」

「是啊。」說到這裡，薩克斯就明白她想說什麼了。

「布倫希爾德希望由西吉貝爾特來頒發嗎？」

布倫希爾德什麼都沒有說，但這就是所謂的「默認」吧。

「……我想這一點應該辦得到。」

布倫希爾德的表情明顯亮了起來。真是個坦率的孩子。

「有充分的理由能說服高層。」

在首都不知何時會被龍襲擊的狀況下，國民對始終不返回首都的西吉貝爾特抱有越來越強的不信任感。光是讓他公開露面一次，民眾對他的批評也會減緩吧。

而且，父親授勳給女兒也是美事一樁。這麼溫馨的事才應該獲得媒體的熱烈報導。

西吉貝爾特再怎麼忙，也不可能連一天甚至半天都無暇返回首都。

這次他可沒辦法再拒絕了。

布倫希爾德即將獲頒勳章的事情也傳進西格魯德的耳裡了。這件事是無所謂。問題在於授勳的方式。

聽說勳章會由西吉貝爾特准將親手別到布倫希爾德少尉的胸前。

（如果布倫希爾德要殺爸爸，只能趁這個時候了。）

距離授勳典禮還有一個星期。

西格魯德正待在布倫希爾德的房間。布倫希爾德似乎已經放棄以上鎖的方式來隔絕西格魯德，應該是因為她認為門鎖終究會被神力破壞掉吧。

現在是中午時間。房間裡只有兩人，布倫希爾德正在默默地吃著午餐。

「是妳操弄的吧。」西格魯德質問。

「沒錯。」她毫不猶豫地回答。

雖然西格魯德也能問她想做什麼，就算她回答恐怕也沒有意義。

（這傢伙的腦筋轉得很快。）

即使西格魯德知道了她的計畫，她肯定也會重新擬定以此為前提的新計畫。西格魯德的頭腦無法應付。那樣一來，就等於是一無所知。

「總之妳別想做些傻事，妳贏不了爸爸。」

「……我問你，西格魯德。我一直很想知道，你為什麼不對其他人透露我的殺意？只要西吉貝爾特身邊的人知道我有意造反，我就會變得遠比現在更難以行動。」

「妳是個乖寶寶，而我是壞小孩，根本沒有人會相信我說的話。而且就算有人相信……妳的立場不是會變得岌岌可危嗎？」

「應該會因叛國罪而被槍決吧。」

她自己明明也很清楚。

「……拜託妳住手。」

「復仇沒有任何好處」、「妳死去的父親也不會希望如此」之類的陳腔濫調，西格魯德說不出口。

所以，西格魯德懇求她。即使自己擁有足以制止她的力量。

「雖然我不能透露真相，巴爾蒙克是妳無法勝過的東西。妳大概覺得……爸爸在授動典禮上會卸下防備……所以能趁虛而入……但事情不是妳想的那樣。爸爸沒有破綻。」

「因為他吸收了神力吧？」

西格魯德心裡一驚。

「妳怎麼會知道……」

「我從上校口中問出來的。等等，你可別責怪那個人。畢竟那個人，也是一種很悲哀的生物。」

「妳取得……巴爾蒙克了嗎？」

「如果是就好了。上校並沒有將巴爾蒙克交給我。雖然我完美地飾演了理想的女兒……但我不懂。我好像……輸給了那個人心中某種不知名的意念。」

只不過——布倫希爾德接著說。

「就算他交給我，我的身體或許也無法承受。」

布倫希爾德用漂亮的指甲敲了敲右手的手背，發出撞擊堅硬表面的聲音。

「神力就是消滅龍的力量。這就類似零的乘法，一半身為龍的我無法加以利用，甚至很有可能在碰到雷霆的瞬間死亡。縱然這一點只有調查實物才會知道，不過我沒有手段能取得實物。」

西格魯德感覺到視線，轉頭一看才發現布倫希爾德正看著自己。西格魯德一注意到這點，少女就立刻別開目光。

「只要有一點點碎片……我或許就能找到突破現狀的契機。我必須擬定……更好的計畫……或者……」

布倫希爾德說的話就斷在這裡。

西格魯德看著少女的紅色眼睛。其中沒有謀略、懇求或威嚇的色彩。

只有想向他人求助的困擾心情。

雖然心裡萌生想幫助她的念頭，西格魯德絕對不能那麼做。

少年從布倫希爾德身上別開目光。

「……老實說，我很傷腦筋。」

這是西格魯德第一次聽到布倫希爾德吐苦水。少女握著戴手套的右手。

「我明明已經決定，要用右手掐死他了。」

包含在這句話中的悔恨應該是貨真價實的。殺父仇人竟然是自己絕對殺不死的對象，她當然很難受。

「我也會參加典禮。雖然是坐在觀眾席……但我會一直盯著妳。」

「你別來……」布倫希爾德這麼說的聲音聽起來就像在害怕。

雖然西格魯德很清楚……讓她露出這種表情的其中一個理由就是自己。

除此之外，自己究竟還能做什麼？

除了阻止她以外，還能做什麼？

「……妳也討厭我嗎？」

布倫希爾德的紅色眼睛看著西格魯德。

「你是……特別的。」

她曾經在病房說過同樣的話。

儘管如此，隱藏在其中的熱度簡直與當時的冷言冷語正好相反。

「雖然你是人類……卻是個好人。原來人類之中……也有好人啊。好人真的存在……」

──我喜歡你。

這句話幾乎帶著哭腔。

西格魯德搶走了裝著布倫希爾德午餐的盤子，大口大口地將盤子裡的食物扒進嘴裡。全部吃完之後，他將盤子放回布倫希爾德面前。

「我不會說些輕浮的話。意念隨著時間風化是很難受的事，活著也會經歷許多苦難。可是，到時候我會幫妳吃掉一些痛苦。不要一個人硬吞，叫我來吧。我既是人類，也是屠龍者，但我更是妳的……」

同伴──西格魯德本來想這麼說。

但是，他把這個詞吞了回去。

真的是同伴的話，如果不願意幫助她殺死父親，就等於在說謊。

「……我是妳的朋友。」

布倫希爾德驚訝地倒抽一口氣，發出「嘶」的一聲。

她眼眶泛淚注視著西格魯德。

「抱歉。」

布倫希爾德從西格魯德身上別開臉，注視著什麼都沒有的窗外。

「讓我一個人靜一靜。」

瘦小的肩膀正在顫抖。

接下來的五天，西格魯德．齊格菲一直都在思考。

思考布倫希爾德是否會放棄殺害父親。

西格魯德自稱是她的朋友時，她哭了。那是不是代表她已經放棄思考傻事了呢？

西格魯德一次又一次地找著各種藉口，試圖相信自己想相信的情報，固執地假設她已經放棄復仇了。然而，某種相對增長的認知超越了這份固執。自己這麼想的行為本身，正表示他已經自覺無法扭轉她的謀反意圖。

少年下定決心的那天是假日。

自從被瘦小的背影趕出房間，時間過去了五天。

距離授勳典禮已經剩下不到兩天。

西格魯德前往布倫希爾德的房間，他鮮少在用餐以外的時間造訪。

西格魯德踏進房間的時候，布倫希爾德正在看一本花藝型錄。

他感到有點意外。

布倫希爾德曾經說過，正如諾威爾蘭特帝國的果實不如伊甸的果實，這個國家的花卉也比伊甸的花卉還要低劣。某天夜晚，她曾說過充滿薔薇花園的香味「讓我想吐」，這樣的她竟然會看花藝型錄。

可是，現在這種小事一點也不重要。

西格魯德不給布倫希爾德發聲的機會，抓住她那白皙的左手腕，用力朝自己的方向拉了過來。

「西格魯德，你要做什麼？」

「跟我來就對了。」

西格魯德拉著布倫希爾德的手走向宅邸外。

目的地是尼貝龍根的街道。

自從龍的襲擊以來已經過了一段時間，但城市的特別警戒狀態尚未解除。

路上有零星幾輛裝甲車，還有武裝的士兵正在巡邏。

不過，城市逐漸恢復活力也是事實。

歌劇的公演次數增加了，擺放屠龍者銅像的廣場也有家長帶著小孩子來玩。西格魯德小時候也曾在這個廣場玩模仿屠龍者的遊戲。書店有客人站著看書，還有攤販正在賣烤龍肉。

「我說西格魯德……」

被拉著手的布倫希爾德盯著地面走路。

「我不知道你在想什麼……但我們回去吧。我不想走在這個城市的街上。」

「因為到處都看得到屠龍者吧？」

西格魯德當然很清楚。

「那你為什麼要帶我來？想惡整我嗎？」

「或許是吧。」

西格魯德停下腳步，轉身面對布倫希爾德。

「我接下來要說的話，大概會傷害到妳。」

布倫希爾德仍然低著頭。

「但是我非說不可。因為妳只對我說實話，只有我知道妳做過的事，所以我最後也要說實話。雖然我要說的話不像妳的祕密那麼驚人……希望妳可以對別人保密。」

最後，西格魯德說了。

西格魯德已經知道，布倫希爾德會在授勳典禮對父親發動攻擊，而自己無法阻止。他當然會盡全力阻止，但得到理想結果的可能性肯定很低。

只要成功殺死父親，她不是逃離這個國家，就是因達成目的而滿足地自我了斷，或是被軍方逮捕而遭到槍決。失敗的下場就不必說了。

所以，他能對布倫希爾德吐露真心話的機會，今天一定就是最後一次了。

「其實我……不太擅長跟爸爸相處。」

上街之後，布倫希爾德第一次抬起頭。她用一臉狐疑的表情看著西格魯德。

「爸爸他……不重視我。他把少尉的地位給了妳這種突然出現的女兒，讓我很火大。」

可是——少年接著說。

「布倫希爾德，妳看看這座城市。我知道這裡到處都是妳討厭的東西。像是龍肉、龍的脂肪做成的燃料和伊甸灰燼等，妳一定覺得不堪入目吧。可是……」

——大家都活著。

「這個國家憑藉來自伊甸的資源才能生存。爸爸攻略伊甸的成果，為大家帶來笑容。」

少年繼續說：

「所以，我才會尊敬爸爸。雖然他是個不好相處又難以理解的人……而且還殺了妳的爸爸……但他是支撐這個國家……支撐民眾的厲害人物。」

——所以，我想變得跟爸爸一樣。

西格魯德很害怕。這大概是他人生中最害怕的一次。

「這就是……我的真心話。妳大可討厭我。聽到這種話，妳會恨我也是當然的。可是，最後這段時間……我不想對朋友有所隱瞞。」

布倫希爾德暫時不發一語。彷彿正在反芻西格魯德所說的一字一句，她非常安靜。

許多行人紛紛經過佇立在街上的兩人身邊。

「我……」

過了好一段時間，布倫希爾德才用小小的聲音開始說話。

「我能說一種叫做真聲語言的語言。這種語言能跟任何生物溝通，不必發聲就能準確地傳達想傳達的意思，是世界上最完美的語言。」

西格魯德不知道布倫希爾德想說什麼，但還是沒有打斷她說的話。

「另一方面，你的語言簡直破綻百出。你說了狠狠傷害我的話。我不知道你對我說這種真心話，圖的到底是什麼，我甚至不清楚你究竟想表達什麼意思。以語言來說，程度是劣等中的劣等。」

西格魯德仍然握著布倫希爾德的手。他的手因緊張而冒汗，但少女並沒有甩開他的手。

「聽到這種莫名其妙的發言，為什麼……我會……」

少女反而以稍微強一點的力道回握少年的手。

少女說的話漸漸開始帶有熱度。

「你想指責我就指責我吧，你應該這麼做。我在這座城市害死了幾十個人，傷害了幾百個人。我踐踏了你的夢想，你應該對我發火，憎恨並痛罵我，厭惡並毆打我，不是嗎？可是，為什麼你……」

——要用那種眼神看我？

「我很高興。」

他的眼神裡沒有憤怒或憎恨。少女無法直視，於是低下頭。

「妳在病房說自己襲擊了這座城市時，我覺得妳不可原諒，也感到憤怒。可是，我卻又覺得很高興。我知道妳並不把我當成『毫不相干的人』……這就足以在我的心中將全部都一筆勾銷了。我這個人也不是什麼好東西。」

「你說的話根本亂七八糟……你自己沒發現嗎？」

「我知道。」

如果——

如果少女投靠少年。

或許有溫暖的未來正在等著她。

西格魯德會牽著她的手，帶她去各式各樣的地方。他會讓少女看見伊甸所沒有的許多景色。少年基於彼此的友情，絕對不會欺騙少女。對少女來說，少年或許能成為代替伊甸的棲身之所。

那個人……薩克斯也絕對不是壞人。少女不太喜歡那個擅長說謊或講場面話的男人；可是少女也明白薩克斯對自己投射的情感類似父愛，其中並沒有惡意。他雖然不如西格魯德討人喜歡，也不至於令人討厭。正如初次在病房見面的時候，薩克斯所說的話……

少女所處的世界中，並非一切都是敵人。

一步。

如果能朝少年踏出一步……

少女看著少年。

少年的臉進入視野。他有一雙黑眼珠偏大的大眼睛。

以及——

漆黑的髮色。

漆黑。

與那個男人相同的顏色——

這個瞬間。

少女的腦中浮現兩幅景象。

流淚的巨龍屍骸。

面無表情地看著屍骸的三白眼。

一頭黑髮的男人。

於是，少女的體內立刻燃起漆黑的火焰。方才浮現於腦中的溫暖未來，一瞬間就被烈火燃燒殆盡。

（……我已經發誓。）

早在四年前，知道這個世界沒有人站在龍這一邊的時候開始。

——唯獨我，直到最後都會站在你這一邊。

我怎麼可以背叛他呢？

即使燒盡柔和的幻想，地獄之火仍在少女心中猛烈燃燒。因此，少女明白了。自己剛才懷抱的期待只不過是不堪一擊的幻想。

我為什麼會在這裡？

為了融入人類社會嗎？

為了療癒內心的傷痛嗎？

為了得到幸福嗎？

為了活下去嗎？

不，全都不是。

少女回想起來了。

自己不惜吸食摯愛的血液，也要活下來的理由。

少女恢復自己應有的功能。

（我不會變成那樣。）

變得跟那個可恨的故事一樣。

布倫希爾德……不，龍的女兒說：

「太遲了，一切都太遲了。」

少女的眼神已經不再動搖。

「如果第一次造訪這座城市的那四天曾經遇見好人，我或許還能選擇不同的道路。不過，我們並沒有相遇。」

就只是這樣而已——少女冷漠地說。

龍的女兒終於甩開少年的手。

她轉身踏上返回宅邸的道路。

少年只能目送她離去。

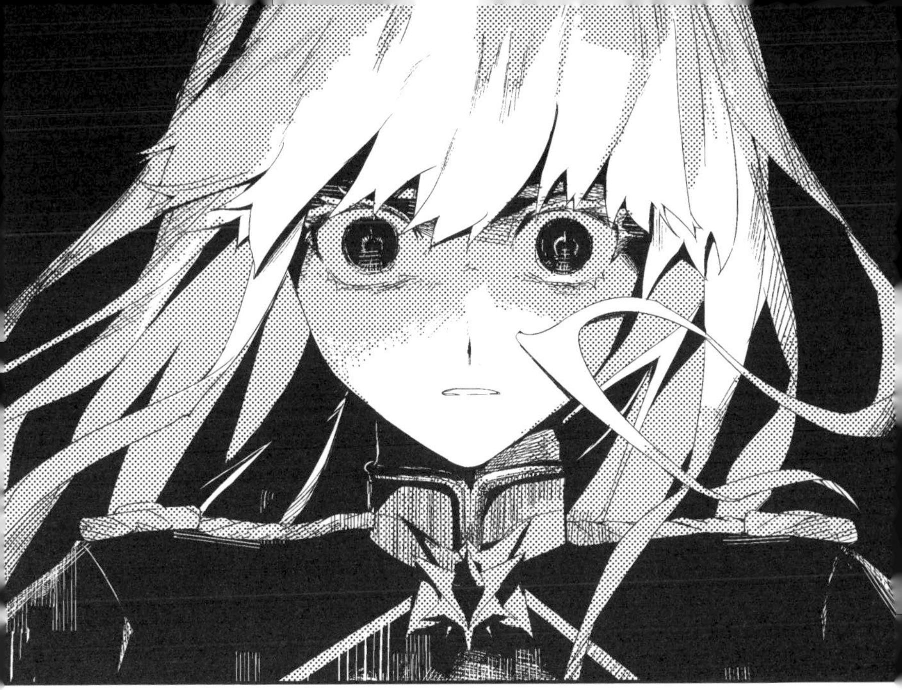

他已經無能為力了。

畢竟少年今天會拖她上街，除了坦白真心話之外，本來就沒有其他的目的。

少女的身影被人群吞沒，逐漸從少年的視野中消失。

第四章

授勳典禮當天，太陽在天空中閃耀。天空萬里無雲，藍得十分清澈。

軍方高層與政治人物都出席了，布倫希爾德隸屬的陸軍連元帥都前來參加。

國內知名報社的記者帶著許多相機在現場等待。

搭建在廣場的舞臺掛著紅色的橫布條與大面軍旗，正在隨風飄揚。

舞臺前方的椅子排列成扇形，座位已經被民眾占滿，甚至有人站著觀禮。

布倫希爾德在木製的舞臺後方待命。

她的身上穿著比平時更精緻的軍服，是為了今天而特別縫製的典禮用軍服。留著一頭銀白色秀髮的少女帶著宛如王室成員般的格調。即將獲頒勳章的士兵不只有她，布倫希爾德卻特別引人注目。

不過，美麗屠龍者的表情很憂鬱，而且微微低著頭。

站在少尉身旁的薩克斯上校不禁面露焦慮。

「那傢伙……」

西吉貝爾特准將還沒有到場。

他已經答應會在女兒的授勳典禮回首都一趟。因為他結束遠征之後，還要進攻別的海域，所以時程甚至配合西吉貝爾特作了調整。

然而，到了典禮開始的十分鐘前，西吉貝爾特還是沒有現身。

西格魯德混入一般民眾之中。

今天除了受勳者之外，只有高階將校能登臺。

「喂……」

有人從背後向他搭話。

西格魯德一回頭，便有一雙三白眼看著他。

「爸爸……」

西吉貝爾特不發一語地看著西格魯德。

西格魯德也說不出話來。

自己該說布倫希爾德盯上你了嗎？

或者——

自己應該催促他快點上臺嗎？

幾秒的時間就像永遠那麼長，人群的聲音聽起來很遙遠。

結果，西格魯德說出口的是——

「你被盯上了，爸爸。你不能上臺。」

如果這對父子有心靈相通的瞬間，肯定就是現在。

「我知道。從第一次見到那傢伙開始……」

西吉貝爾特也開口了。

他坦白了自己的內心話。

「……真是個可怕的女人，懂得利用人心的弱點……西格魯德，千萬別被她唬住了。」

這個忠告確實很正確，卻也錯得毫無疑問。

「我聽說襲擊首都的龍群之中，有十頭白龍成了漏網之魚，到現在都還沒有被殺掉。那個女人的父親……也是白龍。」

那頭龍有銀白色的鱗片與一雙藍眼——西吉貝爾特低聲說。

西吉貝爾特注視著兒子說：

「我很抱歉。」

這是他第一次向兒子道歉。

「……你在說什麼啊，爸爸？」

西吉貝爾特的語言中樞已經受損，無法順利組織字句。可是，西吉貝爾特直覺認為如果錯過此刻，就再也沒有機會與兒子說話了。

據說古代的英雄之中，有人能察覺自己死期將至。

現在，西吉貝爾特感受到的預兆一定也是類似的東西。雖然不明白理由，他認為自己再也見不到兒子了。所以，他才會過來尋找兒子。

「我原以為只要占領所有的伊甸……人們就再也不需要屠龍者了……但我來不及做到。結果，我還是讓你繼承了。總有一天，你的身體也會……」

西格魯德搖搖頭。

「我不在乎。我是在知道的情況下繼承的。」

巴爾蒙克會侵蝕身體的事，西格魯德已經在接觸之前聽薩克斯說明過了。即使如此，少年仍然選擇成為屠龍者。這是因為他想跟父親一樣成為支撐尼貝龍根的人，也是因為他想阻止獨一無二的朋友。

西吉貝爾特側眼看著舞臺。

「那傢伙一定會在這場授勳典禮上出手。雖然我沒有根據……」

「你要趁機制伏她吧。」

「不，我要解決她。」

「解決……」

你要殺了她嗎——西格魯德問。

聽到兒子的聲調與口氣，西吉貝爾特直覺感受到。

西格魯德也對她產生了感情。

不過，西格魯德與薩克斯之間具有決定性的差異。

西格魯德似乎是在知道其本性的情況下，對她抱有感情。

其實西吉貝爾特本來打算與西格魯德一起殺死龍的女兒，為此他才會讓兒子繼承巴爾蒙克。可是既然兒子並沒有被龍的女兒哄騙，對真實的她有好感——

要讓西格魯德殺死她，恐怕……

…………

最後，假設自己還能做些父親該做的事——

「我以前是個糟糕的父親。不，現在也是……」

事到如今，他不會自稱是個好父親。

西吉貝爾特把右手放在兒子的脖子根部。啪嚓一聲，某種東西爆開的聲音響起，使得西格魯德睜大眼睛。右手與脖子之間微微竄起了電流般的光芒，卻在日光的照耀之下顯得不太起眼。

失去意識的前一刻，少年的心裡閃過朋友的臉，卻無力抵抗。

西吉貝爾特呼喚附近的士兵，把失去意識的兒子交給他，吩咐他將兒子送回宅邸。

軍樂隊吹響喇叭，授勳典禮開始了。爆炸般的音樂使民眾沸騰，接著有地鳴般的鼓聲響徹四周。

記者的相機接二連三地放出閃光。

以布倫希爾德為首的受勳者，以及負責授勳的首相開始登上舞臺。

——我會殺了那傢伙。

即使她是兒子的妹妹。

她也是龍，而不是人。

西吉貝爾特也同樣走向舞臺。

因為是典禮的壓軸，布倫希爾德的授勳在最後才進行。

看到西吉貝爾特到了典禮開始才現身，薩克斯罵了他一頓。儘管嘴巴上抱怨，他還是笑著說：「不過，我就知道你會來。」

「……你也快逃吧。」

西吉貝爾特不抱希望地這麼說，薩克斯卻好像一頭霧水。

這也難怪。

布倫希爾德眼裡的憎恨之火只有自己看過，其他人都只將布倫希爾德視為悲劇屠龍者。

即使擁有看穿真相的眼光，若無法說服周遭也沒有意義。

西吉貝爾特的言語無力改變現狀。

西吉貝爾特一站上舞臺，現場立刻響起如雷的掌聲。

一頭白髮的那傢伙就站在眼前。

西吉貝爾特拿著巴爾蒙克名譽銀章，走向布倫希爾德。

布倫希爾德凝視著西吉貝爾特，臉上還貼著一張討喜的笑容。

她的雙手藏在身後。

背後藏著某種東西，是武器嗎？

少女的手動了。她解開扣在身後的雙手，朝西吉貝爾特伸出去。

不過，她藏在身後的東西是一束花。

包裝紙和緞帶裝飾著許多五顏六色的花朵。

在授勳典禮上，接受表揚的女兒替父親準備了溫馨的驚喜，軍樂隊的表演更加盛大。

——真是狗屎般的一齣戲。

兩人逐漸靠近，直到能夠別上勳章並贈送花束的距離。

布倫希爾德遞出花束。

西吉貝爾特依舊握著巴爾蒙克名譽銀章說：

「妳這個噁心的女人。」

他沒有壓低聲音。

不過，舞臺的中央只有兩人，觀眾席充滿了歡呼，軍樂隊的演奏也很吵雜。

所以，西吉貝爾特所說的話只有離他很近的布倫希爾德聽得見。

「我實在不覺得妳是我的女兒。」

「不，我和你就是親生父女，很遺憾。」

布倫希爾德仍然帶著笑容說：

「我……終究不是龍。我是個不折不扣的人類。再怎麼回想父親說過的話……」

『妳不該懷抱仇恨。即使今生悽慘地死去，只要保持純淨的內心，我們就能在永年王國重逢。』

「再怎麼回想……再怎麼說服自己也沒用。我無法壓抑灼燒自己的這份怒火。」

我——

如此說著，布倫希爾德抱住西吉貝爾特。

花束朝舞臺掉落。

少女將手臂環繞到頸部後方。即使面前的男人比自己還要高了兩顆頭。

觀眾發出歡欣鼓舞的聲音。

這一幕就像女兒感動得抱住父親。

雖然西吉貝爾特並沒有將手伸到少女背後。

「我想殺了你。」

凝聚著殺意的聲音酷似訴說愛意的歌聲。

這並非擁抱。

只有兩個當事人知道這一點。

布倫希爾德挾持了西吉貝爾特。西吉貝爾特試圖掙脫少女的手臂，但她那臂力超乎常人的雙手，即使用西吉貝爾特的力量也無法立刻撥開。

咚——

花束發出沉重的聲音，掉落在舞臺的地板上。

從花朵之間微微露出的，是斷掉的引信。

引信連接著塑膠炸彈，內部有附彈簧的擊針。擊針開始運作，強烈撞擊雷管。

花瓣四處飛散。

舞臺中央的木製地板裂開了。

紅黑色的爆焰溢出舞臺，吞噬群眾。

舞臺上的其他受動者及首相等人的肉體都被炸得四分五裂；守在舞臺附近的觀眾被火焰包圍；待在遠處的人也被高速飛來的木片貫穿，或是被石塊砸傷。

引起爆炸的是可用來破壞橋梁或軌道的小型炸彈。布倫希爾德從陸軍的武器庫取得這個東西，將它藏在花束中。

黃色的脂肪隨處噴濺，血液染紅了群眾茫然的臉龐，揚起的粉塵遮蔽了舞臺。

西吉貝爾特與布倫希爾德——最靠近花束的兩人根本不可能倖存。

如果兩人是普通人類。

「女人……妳總算露出馬腳了。」

爆焰的對面有個黑色的人影正在搖曳。

西吉貝爾特平安無事。

雖然身上的軍服被炸出幾個破洞，他的肉體幾乎沒有受傷。

三白眼瞪著上空。

軍服同樣破損的布倫希爾德出現在空中。她的右半身露了出來，鱗片只覆蓋到右手腕以下的部分。她靠著從右手手背長出的翅膀飛了起來。

「——！」

少女扭曲表情。即使使用威力足以破壞橋梁的炸彈，還是只能對西吉貝爾特造成擦傷。

西吉貝爾特的體內蘊含巴爾蒙克——神的力量。因此他的肉體與其說是人類，更接近天使或神。神或天使的肉體是由名為乙太的物質所構成，能夠傷害乙太的物質並不存在於人界。即使布倫希爾德的攻擊不是炸彈而是戰車的砲擊，西吉貝爾特應該也不痛不癢。

龍的女兒在空中翻轉身體，試圖背對西吉貝爾特逃亡。

「……慢著，這場典禮的主角是妳吧？」

西吉貝爾特舉起右手，閃爍的能量逐漸集中到他的手心。

雷霆。

將最初的龍——路西法打入地獄的雷。

形成長槍的形狀。

「要是不好好殺掉……又被她靠著三寸不爛之舌脫罪就傷腦筋了。」

唰，踩踏土地的聲音響起。

西吉貝爾特揮舞結實的右臂，往前踏步並投擲。

神之雷以光速飛翔，燒傷半龍少女的背部。

高亢的慘叫微微傳了過來。

嬌小的身體被火焰包圍，逐漸墜落，不過——

（沒殺成，手感很弱。）

即使是西吉貝爾特．齊格菲，也無法完美操控神的力量。不，只要是人類，就不可能理解神的力量。如果能理解，那就不是人類，而是神了。

因此，人類必須使用光學透鏡與電子儀器來調整準心，壓縮並發射。這就是世人所知的加農砲巴爾蒙克。若不透過加農砲，雷霆的威力與精準度都會下降。

穿著黑色軍靴的西吉貝爾特輕盈地從地面上浮起。

神不需要翅膀便能翱翔天際。

對擁有同一種力量的西吉貝爾特來說，飛行也是輕而易舉的事。

上升的西吉貝爾特往下俯視，捕捉到多個白色的身影。那些身影彷彿來自人群，出現得非常突然。

那是中型的白龍。西吉貝爾特一瞬間以為他們要攻擊自己，於是擺出架式。

那些白龍卻分頭行動，往東西南北散去。

看來他們打算襲擊民眾。

身為保護國民性命的士兵，必須優先打倒白龍，但是——

「別擔心，我不會轉移目光。」

自己的心地並不像薩克斯或西格魯德那麼善良。就算多少付出一些犧牲，也要消滅萬惡的根源。

西吉貝爾特對四散的龍群視而不見。

他穿越天空，飛向龍的女兒墜落的地點。

龍的女兒墜落在尼貝龍根的大型公園。這裡的樹木很密集，幾棵樹正在燃燒。被雷霆擊中的少女遭到火焰包圍，因此引燃了樹木。

西吉貝爾特正好來到龍的女兒正上方時，某種東西爆裂般的刺耳聲音響起。

土壤隆起的下一個瞬間，樹木被連根炸飛。

一頭龐大的白銀巨龍隨著低吼現身。

不過，由於巨龍只有眼睛是紅色，西吉貝爾特・齊格菲立刻就認出這頭龍的真面目。

雷霆聚集在右手手掌。

屠龍者飛向咆哮的龍。

使用花束自爆的聲音沒有傳進失去意識的西格魯德耳裡。

但或許是出於想幫助朋友的強烈意念，他依然甦醒了。

離開授勳典禮的會場時，他恢復了意識。西格魯德發覺自己是被父親的雷霆打暈，然後甩開想帶他回到宅邸的士兵。

（唔……布倫希爾德呢……？）

白龍幾乎就在他這麼想的時候現身了。

不知是幸還是不幸，城市由於先前遭受的襲擊，一直處於特別警戒狀態。路上各處都停著裝甲車，立刻開始迎戰白龍。民眾也迅速朝建築物或地下鐵避難，卻有一名老人沒能及時逃生。

「救……救我……」

白龍推倒老人，然後用長有利爪的腳踩住趴倒的老人，開始啄食他背上的肉。

西格魯德很想馬上去找布倫希爾德，但是——

「……可惡！」

他無法對眼前正在遭受攻擊的人見死不救。

西格魯德．齊格菲緊握右拳，白色的火花在拳頭周圍飛散。

（很好……我也能使用。）

他凝聚手中的火花，朝白龍投擲而去。縱使精準度與威力都遠遠不及父親，仍然足以打倒白龍。

白龍發出類似鵝的臨死哀號，從此倒地不起。

西格魯德奔向被白龍攻擊的老人。他雖然被龍咬傷而出血，但立刻送醫就能得救。

他拜託附近的中年男子將傷者送往醫院。男人雖然被突發狀況嚇得驚慌失措，卻也馬上理解現狀，使勁點了點頭。

（我聽說白龍有十隻……）

不出所料。

另一頭龍從西格魯德的眼前飛過，外型與剛才殺死的龍正好相同，而且那頭龍開始攻擊其他的民眾。

（我得速戰速決……！）

西格魯德將小小的雷霆集中在右拳，朝白龍奔去。

原本綠意盎然的公園化為一片火海。

紅眼巨龍吐出的火焰與屠龍者放出的雷霆燒燬了樹木與草地。

巨龍發出震撼空氣的怒吼，同時揮舞利爪；能在空中自由飛翔的屠龍者轉身閃躲。巨龍接著使出彷彿能震碎地殼的踩踏攻擊，卻也被避開了。

看準粗壯的腳揮空的破綻，屠龍者放出雷霆。

紅眼巨龍發出悲痛的吶喊。

（……真麻煩。）

西吉貝爾特已經用雷霆擊中對手八次。每一擊的威力明明都足以讓巨龍當場斃命，紅眼巨龍卻撐住了。

（因為她體內的龍血較少，而且有一半是與我相同的血統嗎？）

雷霆是針對龍的特殊兵器。不過，因為現在對峙的龍並非純種，威力不到本來的一半。況且她體內流著對神力有抗性的屠龍者之血，所以威力會更弱，恐怕只能發揮本來力量的十分之一。

「喂，我可沒有凌虐龍的興趣啊。」

自己不會輸。

不過，必須花一段時間才能殺死對手。如此而已。

西吉貝爾特穿越龍的雙腳之間，並在錯身而過的時候用帶著雷霆的手掌削下左腳的肉。巨龍發出痛苦的叫聲。

「所以妳配合一下吧。只要妳不抵抗，我就馬上給妳一個痛快。」

即使如此，紅眼巨龍仍然持續掙扎。

她明明知道自己沒有勝算。

巨龍死命地胡亂揮舞四肢。

西吉貝爾特在這個時候，第一次覺得她看起來像個與年齡相符的孩子。

身經百戰的屠龍者非常謹慎。

巨龍不可能無止境地大鬧下去，她的體力應該就快要耗盡了。西吉貝爾特維持在龍爪與火焰無法觸碰到的距離，看準時機用雷霆削弱她的身體。

雖然找不到機會進攻，屠龍者的勝利仍然不受動搖。

剛誕生的屠龍者會來到那座公園，真的是巧合嗎？

現在回想起來，白龍一次都沒有對新手屠龍者表現出任何抵抗的舉動。白龍只是反覆出現在他的面前，並且襲擊民眾。就算西格魯德打倒白龍，然後立刻動身去找布倫希爾德，下一頭龍又會馬上現身，開始襲擊其他人類。所以，西格魯德只好奔向新出現的龍，同樣的情形重複了好幾次。

如果有人可以操控白龍，那個人肯定知道。

知道少年與自己不同，是個心地善良的人。

知道如果有人遭受攻擊，少年絕對不會見死不救。

擊墜第十頭白龍的時候，躍進西格魯德眼裡的是一頭白銀巨龍，以及父親與其對峙的身影。連西格魯德也看得出來，父親一直找不到機會進攻。

銀白色的鱗片……

西格魯德想起父親在授勳典禮的會場說過的話。

此刻正在與父親交戰的龍有一身銀白色的鱗片。

（這傢伙就是那群白龍的老大嗎……！）

西格魯德握緊尚未成熟的雷霆。

他會認為那頭巨龍就是龍群的老大也無可厚非。

因為少女過去在病房對少年描述的故事之中……

雖然有少女將人變成龍的情節。

卻沒有少女本身變成龍的情節。

西格魯德緊緊握拳。

為了一次就葬送對手，他壓縮手中的雷。白銀巨龍被父親吸引了注意力，沒有注意到他。

西格魯德打算從死角將對手一擊斃命。

雖然花了約十秒的時間，西格魯德卻也凝聚了自己所能掌控的最強雷霆。

接著屠龍者放出巴爾蒙克。

這個屠龍者沒有注意到一件事。他太過專心於凝聚雷霆，所以在出招後才想起來。

據父親所說——

——那頭龍有銀白色的鱗片與一雙藍眼。

然而——

現在自己正要擊殺的龍。

眼睛是他很熟悉的紅色。

那頭龍當時真的沒有注意到少年嗎？

原本明明就像自暴自棄般發狂，卻只有這個動作特別俐落。

一身銀白色的鱗片，眼睛卻是紅色的巨龍以右手抓住西吉貝爾特·齊格菲。

用他來抵擋少年放出的巴爾蒙克。

西吉貝爾特．齊格菲的肉體幾乎是由乙太構成，人類的武器或龍的力量都無法傷害他。

不過，假如是雷霆——

雷霆是神所展現的力量，與乙太屬於相同的物質。

原本只有擦傷的西吉貝爾特承受少年使盡全力放出的雷霆，一瞬間就化為焦炭。也許直到最後的瞬間，父親都沒能理解究竟發生了什麼事。

畢竟連西格魯德都暫時無法明白自己做了什麼。

抓住西吉貝爾特的巨龍右臂及右側上半身與父親一同消失了。

巨龍的全身到處都有被削掉或是被貫穿的傷口。如瀑布般湧出的血不是類似水銀的深灰色，而是黯淡的紅黑色黏液。

白銀巨龍看著西格魯德。

但他並沒有面臨死亡的恐懼。

少年的頭腦無暇思考那種事。

他與紅眼少女的對話在腦海中復甦。

當時，她曾對他說過。

她從他身上別開臉，顫抖著瘦小的肩膀。

抱歉——她說。

原來是這個意思嗎？

因為她殺不了父親，所以要讓兒子來動手，當時的道歉是這個意思嗎？

她之所以道歉，是因為要讓他背負弒父的罪名嗎？

一雙紅眼的白銀巨龍搖晃了一下。

長長的脖子摔在燃燒的草原上。

巨龍的頭剛好落在西格魯德面前。

「妳……妳……」

少年出聲呼喚。

「妳……一開始……就打算……這麼做嗎……？」

他發問。

卻得不到答案。

巨龍用沒有感情的紅色眼睛凝視著少年。

「妳倒是……說話啊。」

巨龍什麼也沒有說。

「妳不是……只對我說實話嗎？」

巨龍仍然什麼也沒有說。

這時少年總算注意到。巨龍不是不說，而是不能說。

紅色眼睛沒有感情也是理所當然的。因為倒地的時候，她就已經死了。

全身上下的無數傷口都讓白銀巨龍逐步逼近死亡。

但致命的一擊——

是灼燒其右半身，西格魯德的巴爾蒙克。

紅色的血泊緩緩擴散。

……究竟有誰曾經理解這傢伙呢？

不論是爸爸，還是上校，甚至連這傢伙的父親以及我，都一樣。

沒有人真正理解過這傢伙。

因為……每個人都覺得這傢伙的腦袋異常地好，實力非常強，就像玻璃藝品般漂亮，把她當作朋友，只看見這些表面。

實際上——

彷彿看穿一切的眼睛其實只容得下一個人；頭腦明明很好，但想做的事說好聽點是專一，說難聽點是極度的死腦筋；實力明明很強，卻因為我的一句「朋友」就哭了出來；明明有一張大人般的端正長相，內在卻是幼稚的小鬼。

因為她既是龍又是人。
因為她是這樣的傢伙。
因為知道她是這麼麻煩、難以理解又令人擔心的傢伙。
自己最後才會喜歡上她，而且不希望她死去。

我根本不想殺了她。

一瞬間失去兩名重要的人，少年不知在原地呆站了多久。
回過神來，火勢已經被撲滅，人們開始聚集到他與屍骸周圍。
其中一個民眾說：
「是屠龍者。」
接著，其他民眾也說：
「屠龍者保護了我們。」
歡呼與掌聲不絕於耳。
縱然人們口口聲聲說著感謝的話語，這一切聽在少年耳裡就像來自另一個遙遠的世界。
少年過去追求的稱號，只在腦中留下空虛的回音。

終章

強烈的雨勢拍打著小屋。

少女說完故事以後，天色仍然沒有破曉的跡象。

原本溼透的軍服早就已經乾了。

身穿紅色軍服的少女與留著一頭銀白色頭髮的青年面對彼此坐著。

有好一陣子，現場只聽得見暖爐裡的柴火發出的陣陣爆裂聲。

『我都那麼叮嚀妳了。』

青年用苦澀的聲音說：

『我明明說過好幾次，不可以憎恨他人，不可以為了報復而殺害他人。』

身穿紅色軍服的少女什麼也答不出來。

『我抱有期望。我一直夢想著，能與妳一起生活在這裡。我愛著妳。』

我真的愛著妳。

『我想一直陪著妳，我想永遠與妳在一起。即使沒有血脈相連，我也……』

——自認為是妳的父親。

『我會一直恨著妳。過去有多愛妳，未來就多恨妳。我會永遠唾棄妳。妳對我造成了絕對無法填補的缺陷，所以我會持續厭惡妳——在這個永無止境的世界。』

少女沒有辯解，也無法辯解。

『我差不多該告辭了。』

如此說著，少女站了起來。

永不停歇的暴風雨在小屋外肆虐。

即使如此，少女仍然必須離開。

她要在永遠不會停止的暴雨和狂風中，持續徘徊在沒有破曉的黑夜裡。

她不被允許留在小屋。

只有不背棄神之教誨的人，才能用這些柴火取暖。

即使是白銀巨龍，也無法扭轉神的教誨。她無權向神祈求原諒。

而且，這段時間一定是出於神的慈悲。

本應該被打入地獄的少女能夠暫時停留在這座山丘的這棟小屋，只有可能是神的憐憫。

因為這棟小屋坐落的山丘——

正是俗世之人稱為「永年王國」的地方。

少女能夠暫時停留在小屋，一定是因為神哀嘆她的遭遇。

少女走向通往外面的門。

她用沒有鱗片的右手使勁將門打開，風雨打溼了地板。

巨龍不禁從椅子上站起來。

——我願意與妳一起穿越黑暗。不……可以的話，我多麼希望如此。

不過，巨龍不被允許追上她。

正如墮入地獄之人沒有資格踏進永年王國。

獲准居住在永年王國的人也沒有資格墮入地獄。

白銀巨龍只能默默地目送少女離去的背影。

『要我說幾次都行。我——』

他的聲音在顫抖。

『我恨妳。我厭惡讓我體會這種感受的妳。不論花費多長的時間，不論使用多少言語，都無法傳達灼燒我內心的憎恨之火。我會永遠、永遠憎恨妳。但是……』

即使如此——他接著這麼說的時候……

寶石般的淚珠落下。

『謝謝妳。』

謝謝妳為我而戰。
謝謝妳為我而怒。
謝謝妳替我勞心傷神。
謝謝妳替我打抱不平。
謝謝妳——

如此思慕著我。

啜泣的聲音傳了過來。
身穿軍服的少女沒有回頭。

——不是的。
雖然沒有錯，但不是那樣。
我的確只思慕著你。

我喜歡你，也愛著你。

——現在也由衷這麼想。

但是，那肯定不如你所想，如寶石般美麗。

而是想將你關進牢籠，將所有礙事者全部殺掉，一個人獨占且不讓任何人看見，玩弄、侵犯，甚至想吞噬到連一塊肉都不剩的——

任性妄為、烏黑又醜陋的感情。

絕對不是殉教者。

一瞬間，少女想過要坦白這種感情。既然已經說出自己的所有野蠻行徑，似乎也沒有必要再隱瞞了。

然而——

事到如今，即使已經太遲了，早已無法挽回，也無法再掩飾。

少女仍然沒有回頭。

她頭也不回地這麼說：

『光是聽見這句話，就能讓我在無盡的黑暗中永遠走下去。』

只有一點點也好。

她想儘量以美麗的姿態，留在他的記憶裡。

龍的女兒走出小屋。

白銀巨龍追上少女，卻被強風阻擋而無法前往屋外。

門發出沉重的聲響硬生生關上。

少女的身影消失的同時，夜晚破曉了。

太陽升上湛藍的天空。

少女所在的黑夜，已經不存在於小屋外頭。

後記

我喜歡愛與正義的故事。

我希望壞人被打敗，努力的人得到回報。

心想「不不不，等一下。妳憑什麼這麼說？」的讀者肯定已經將《屠龍者布倫希爾德》的故事看完了吧。非常謝謝您。

您接下來應該會這麼說：

「喜歡愛與正義的人怎麼可能寫出這種結局的故事。」

各位會這麼想也很正常。可是，請容我稍作辯解。

剛開始撰寫《屠龍者布倫希爾德》的時候，故事走向與現在完全不同。

這個故事原本不會有任何一個人死去。儘管布倫希爾德與白銀巨龍遭到拆散，並不是死別。由於布倫希爾德的生父——西吉貝爾特侵略伊甸島，白銀巨龍銷聲匿跡，但西吉貝爾特其實很善良（雖然現在的西吉貝爾特也很善良），庇護了白銀巨龍。布倫希爾德與西吉貝爾特和解之後，去見了隱居在深山裡的白銀巨龍。我記得大概是這樣的故事。

所以，我一開始想寫的是愛與正義的故事。我寫作的動機總是如此。

可是，那傢伙一定會在撰寫的途中現身。

那傢伙就是另一個我。她會俯視原稿，在我的耳邊低聲說：

「我說妳啊，這樣不對吧？事情應該不會那麼順利吧？妳真的相信世界上充滿了愛與正義嗎？」

也許這麼低語的我才是真正的我。這段低語非常甜美而且強烈，於是我筆下的故事便離愛與正義越來越遠。有段時間，我完全輸給了這段低語，臣服於另一個自己。

但我有了抵抗的念頭。

因為我遇見某部著作，看見那位作者戰鬥的模樣。

所以這次，我絕對不想認輸。

我不顧一切地抵抗，幾乎是不擇手段。我認為結果就表現在布倫希爾德的奮鬥上。她在作品中遇到的各種威脅，是認真打算殺死她的另一個我派出的刺客。寫出刺客的時候，我完全沒有考慮過打倒他們的手段。所以，我跟布倫希爾德一起思考出克服難關的方法。平常的我會在此敗給自己的低語，但這次我並沒有停止思考。

而結果就是那個結局。

這或許是很殘酷的故事，或許不是愛與正義的故事。壞人沒有被打敗，努力的人或許也沒有得到回報。我完全不打算否定這些感想。

不過，我能抬頭挺胸地說，這是關於勝利的故事。

最後，雖然是一廂情願，但我要對促使我撰寫本作，並且正活躍於電擊文庫的A老師表達深深的謝意。

國家圖書館出版品預行編目資料

屠龍者布倫希爾德/東崎惟子作；王怡山譯. -- 初
版. -- 臺北市：臺灣角川股份有限公司, 2023.10
面；　公分. -- (Kadokawa fantastic novels)
譯自：竜殺しのブリュンヒルド
ISBN 978-626-378-053-8(平裝)

861.57　　112013284

Kadokawa Fantastic Novels

屠龍者布倫希爾德

（原著名：竜殺しのブリュンヒルド）

2023年10月11日　初版第1刷發行

作　　者：東崎惟子
插　　畫：あおあそ
譯　　者：王怡山

發 行 人：岩崎剛人
總 編 輯：蔡佩芬
編　　輯：彭曉凡
美術設計：宋芳茹
印　　務：李明修（主任）、張加恩（主任）、張凱棋

發 行 所：台灣角川股份有限公司
地　　址：104台北市中山區松江路223號3樓
電　　話：（02）2515-3000
傳　　真：（02）2515-0033
網　　址：www.kadokawa.com.tw
劃撥帳戶：台灣角川股份有限公司
劃撥帳號：19487412
法律顧問：有澤法律事務所
製　　版：巨茂科技印刷有限公司
ＩＳＢＮ：978-626-378-053-8